유토피아

세계교양전집 21

유토피아

토머스 모어 지음

김용준 옮김

올리버

토머스 모어Thomas More

• 차례 •

토머스 모어 경은 영국 고등법원 판사였던 존 모어 경의 아들로, 1478년 런던의 밀크 스트리트에서 태어났다. 어렸을 때 스레드니들 가에 있는 세인트 앤서니 학교에서 교육받은 후, 캔터베리 대주교이자 대법관인 존 모턴 추기경의 집에 들어갔다. 당시 부와 영향력을 가진 좋은 집안의 자제가 되어 후견인과 피후견인 관계를 맺는 것은 흔한 일이었다. 청년들은 후견인의 후광을 등에 업고 그의 신분에 편승했다. 후견인은 자신의 부나 영향력을 발휘하여 청년들이 세상에 나아갈 수 있도록 지원했다. 모턴 추기경은 일찍이 리처드 3세에 의해 런던탑으로 보내진 엘리의 주교였지만, 이후 리처드 왕에게 적대감을 가졌다. 1486년에 헨리 7세는 그를 캔터베리 대주교로 임명했으며, 그는 왕의 수석 고문 역할을 하다가 9개월 후에는 총리가 되었다. 모턴 추기경은 어린 토머스 모어의 재치에 감탄했다. 그는 "누구든 여기 이 탁자 앞에 앉아 있는 아이를 시험해 본다면 이 아이가 누구보다도 탁월하고 존귀한 사람임을 알게 될 것입니다"라고 말하기도 했다.

토머스 모어가 14세가 되던 해, 후견인은 모어를 옥스퍼드대학교로 보냈고, 그는 그곳에서 이탈리아에서 영국으로 그리스 학문을 소개한 최초의 인물인 윌리엄 그로신과 토마스 리나크레에게 그리스어를 배웠다. 의사였던 리나크레는 나중에 왕의 명을 받아 의과대학을 설립했다. 16세부터는 아버지의 권유에 따라 법학을 공부했다.

모어는 진지하고 성실한 성격의 소유자로, 법 공부를 하는 동안 헤어 셔츠(과거 종교적인 고행을 하던 사람들이 입던 면과 말의 꼬리털로 거칠게 짠 헐렁한 셔츠. 회개와 육신의 고행 수단으로 사용됐다 – 역자)를 입고 통나무를 베개로 삼았으며, 금요일마다 자신을 스스로 채찍질하는 금욕적인 생활을 했다. 그는 21세에 의회에 입성했고, 법정 변호사 자격을 얻은 직후에는 런던의 장관 대리가 되었다. 1503년 하원에서 헨리 7세가 딸 마거릿의 결혼 비용으로 세금을 추가로 징수한다는 안건에 강력하게 반대한 끝에 하원에서도 이를 승인하지 않도록 했다. 사람들은 이를 두고 수염도 없는 소년이 왕의 모든 기대를 저버렸다고 말했다. 그 결과, 헨리 7세 치하의 마지막 몇 년 동안 모어는 왕의 미움을 샀으며, 영국을 떠나려는 생각까지 했다.

헨리 7세는 1509년 4월 세상을 떠났는데, 모어의 나이가 갓 서른을 넘겼을 때였다. 헨리 8세 통치 초기에 모어는 법정에서 많은 중요한 일을 실천했다. 부당하다고 생각되는 사건에 대해서는 변론을 거부하고, 과부나 고아 또는 가난한 사람들에게는 수임료를 받지 않았다. 모어는 에섹스의 뉴 홀에 사는 존 콜트라는 사람의 둘째 딸과 결혼하고 싶었지만 대신 그의 언니를 선택했는데, 이는 그녀가 불명예스러운 일을 겪지 않도록 하기 위함이었다.

1513년 당시 런던의 장관 대리였던 토머스 모어는 《에드워드 5세의 삶과 죽음, 그리고 리처드 3세의 찬탈에 관한 역사》에 대해 썼다고 전해진다. 여기에는 모어의 후원자였던 모턴의 식견이 담겨 있는 것으로 보이며, 모어가 사망한 지 22년이 지난 1557년에야 발표되었다. 이때 모어의 필사본도 출간되었다.

1515년 요크 대주교 울지는 레오 8세에 의해 추기경으로 서임되었고, 헨리 8세는 그를 대법관으로 임명했다. 그해부터 1523년까지 왕과 추기경은 절대적인 권한으로 영국을 장악하고 의회를 소집하지 않았다. 1515년 5월, 기사 작위를 받지 못한 토머스 모어는 커스버트 턴스톨과 함께 당시 오스트리아의 대공 카를 5세의 사절단과 동맹 갱신에 관해 협의하기 위해 저지대 사절단에 합류했다. 당시 37세였던 모어는 6개월 동안 영국을 떠나 벨기에에 있었는데, 앤트워프에 머무는 동안 앤트워프 지방 자치 단체

비서관이었던 학구적이고 예의 바른 청년 페터 힐레스와 우정을 쌓았다.

커스버트 턴스톨은 캔터베리 교구의 촉망받는 성직자였으며, 1515년에 캔터베리 대주교의 일등서기관이 되었고 이듬해인 1516년 5월에는 기록보관소 장관으로 임명되었다. 1516년 그는 다시 벨기에, 네덜란드 등 저지대 국가에 파견되었고 모어는 그와 함께 브뤼셀로 가서 에라스무스와 긴밀한 동반자 관계를 유지했다.

모어의 《유토피아》는 라틴어로 쓰였고 1부와 2부로 구성되어 있다. 그중 2부는 1515년 말에 쓰인 것으로 추정되는데, 모어는 여기서 등장하는 장소를 자신의 편지에서 간혹 그리스어로 '어디에도 없는'이라는 뜻의 누스쿠아마Nusquama라고 불렀다. 서론에 해당하는 1부는 1516년 초에 쓰인 것으로 보인다. 이 책은 1516년 말 에라스무스, 페터 힐레스, 그리고 플랑드르에 있는 모어의 몇몇 친구들에 의해 편집되어 루뱅에서 처음 출간되었다. 그 후 모어가 수정했고 1518년 11월 바젤에서 프로베니우스가 이를 출간했다. 이 책은 파리와 비엔나에서 다시 출간되었지만, 모어 생전에 영국에서는 발행되지 않았다.

영국에서 처음 출판된 것은 에드워드 6세 재위 때(1551년) 랄프 로빈슨에 의해 쓰인 영어 번역본이다. 그 후 1684년 길버트 버넷이 문학적 재능을 발휘하여 다시 번역했다. 당시 그는 친구

윌리엄 러셀 경의 변호를 맡은 후 그의 처형식에 참석하였고 제임스 2세로부터 성 클레멘트 대학 교수직을 악의적으로 박탈당한 직후였다. 모어는 고위직의 불합리함에 이끌려 《유토피아》를 집필하게 되었는데, 버넷 역시 그의 생각에 공감하여 《유토피아》 번역에 몰두했다. 버넷의 번역이 이 책의 판본이다.

이 책의 제목은 우리 언어에 새로운 단어를 추가해 주었는데, 현재 우리는 '유토피아적Utopian'이라는 말을 '공상적인'이라는 의미로 사용한다. 그러나 이 유쾌한 허구 속에 숨겨진 이야기는 매우 진지하면서도 실용적인 제안으로 가득 차 있다. 여기서 모어는 당시 영국의 주요 정치·사회적 문제를 자신만의 학구적이고 재치 있는 방식으로 신랄하게 비판한다. 실제로 모어는 어떻게 자신이 커스버트 턴스톨과 함께 플랑드르로 파견되었는지를 설명하면서, "존엄하신 폐하께서 민중을 위해 항소법원 판사 직위를 선호했습니다"라고 말한다.

모어는 가족과 떨어져 앤트워프에 있는 기간 동안 페터 힐레스와 친분을 유지하면서 아내와 아이들을 그리워하는 마음을 달랬다고 한다. 그리고 이야기는 세 차례의 신대륙 항해에 아메리고 베스푸치와 동행한 라파엘 히슬로다이(그리스어에 어원을 두고 있으며, '허튼소리를 퍼트리는 자'라는 뜻)가 함께 하면서 허구로 변모한다.

세밀한 묘사가 뛰어난 《유토피아》는 모어가 플라톤의 《국가》

와 리쿠르고스 치하의 스파르타에 대한 플루타르코스의 설명을 읽고 영감을 받아 상상력을 발휘하여 쓴 작품이다. 그는 이상적인 공산주의를 재치 있고 익살맞게 표현했으며, 여기에는 품위 있는 영국인의 이상적인 국가에 대한 생각이 담겨 있다. 때때로 영국을 빗대어 말할 때 프랑스를 언급하기도 한다. 그리고 기독교 왕들의 선의에 대해 역설적으로 칭찬하면서 헨리 8세의 정책에 대한 정치적 공격이라는 비난에서 벗어나려고 한다. 에라스무스는 1517년 한 친구에게 보낸 서신에서 "자네가 모어의 《유토피아》를 읽지 않았다면 모든 정치적 악의 진정한 근원을 알지 못할 걸세"라고 썼다. 그리고 에라스무스는 모어에게 《유토피아》에 대해 이렇게 말했다고 한다. "앤트워프 시장은 이 책에 너무나 만족한 나머지 모든 내용을 외우고 있네."

H. M

1부

라파엘 히슬로다이가 말하는
이상적인 연방 국가

불굴의 영국 국왕이시며 최고의 덕망을 갖추신 위대한 군주 헨리 8세께서 고귀하신 카스티야 왕국의 카를로스 황태자와 다소 마찰이 있었기에, 나를 플랑드르에 사신으로 보내시어 두 분의 문제를 해결하고자 하셨다. 나는 얼마 전 기록보관소 장관으로 임명된 커스버트 턴스톨과 동행했는데, 그는 나의 동료이자 친구였다. 여기서 그에 대해서는 굳이 말하지 않아도 될 것 같다. 나와 친분이 있어서가 아니다. 그의 학식과 덕망이 세상에 너무나도 잘 알려져 있어서 굳이 말을 더 보탤 필요가 없을 뿐만 아니라 칭찬한대도 '등불로 태양을 비추는 격'이 되기 때문이다.

사전에 합의한 대로 우리는 문제 해결을 위해 카를로스 황태자가 임명한 사람들과 브뤼헤에서 만났다. 모두 존귀하고 기품 있는 성품의 소유자였다. 브뤼헤의 후작이 대표이자 그들의 수장이었다. 그는 매우 현명한 사람이었지만, 실제로 그들의 생각을 주도적으로 결정하는 사람은 카셀의 수도원장 조지 템스였다. 그는 타고난 달변가에다가 외교 문제에 경험이 많은 사람이었다. 법률에 조예가 깊었고 문제 해결 능력이 뛰어난 최고의 협상가였다. 우리는 여러 차례 회합을 가졌지만 몇 가지 문제에 대해서는 끝내 합의에 이르지 못하고 며칠 후 다시 만나기로 약속했다. 그들은 군주와 논의하기 위해 브뤼셀로 갔고 나 역시 업무차 앤트워프로 향했다.

　앤트워프에 있는 동안 나는 많은 사람을 만났다. 그중에서 가장 마음에 든 사람은 그곳 출신의 페터 힐레스라는 젊은이였다. 그는 시민들로부터 존경을 한 몸에 받았으며, 중요한 직책을 맡아도 충분히 잘 해낼 수 있는 자질을 갖춘 사람이었다. 학식이 깊고 품성이 바를 뿐 아니라 예의 바르고 친절했으며 모든 사람을 정중하게 대했다. 특히, 주변 사람들에게 진심 어린 호의와 온정을 베풀었다. 모든 면에서 그렇게 완벽한 사람을 만나기는 쉽지 않을 것이다. 꾸밈이 없고 겸손했으며, 순수함과 진지함을 동시에 지닌 사람이었다. 집을 떠난 지 넉 달이나 지났기에 아내와 아이들이 그리웠지만, 그와 함께 즐겁고 재미있는 대화를 하면서 향수병을 달랠 수 있었다.

어느 날, 앤트워프에서 사람들이 가장 많이 찾는 노트르담 대성당에서 미사를 마치고 집으로 돌아가는 길에 그가 낯선 사람과 이야기를 나누고 있는 것을 우연히 보았다. 그 남자는 페터보다 나이가 많아 보였고, 긴 수염과 검게 그을린 얼굴에 망토를 대충 걸친 모습을 보니 선원이라는 것을 짐작할 수 있었다. 페터는 나를 보자 곧바로 다가와 인사를 했고, 내가 미처 인사를 하기도 전에 나를 살짝 옆으로 데려가더니 함께 대화하던 남자를 가리키며 말했다.

"저기 저 사람 보이시죠? 함께 선생님을 찾아뵐 참이었습니다."

나 역시 "페터 씨 친구라면 언제든지 환영입니다"라고 대답했다.

그러자 "저분이 어떤 사람인지 아시게 된다면 오늘 만난 것을 아주 기뻐하실 겁니다. 저 사람만큼 미지의 나라들에 대해 풍부한 이야기를 들려줄 사람은 없을 테니까요. 선생님께서도 그런 이야기에 관심이 많다고 들었습니다"라고 그가 말했다.

"내 추측이 틀리지 않았군요. 첫눈에 저 사람을 선원이라고 생각했거든요"라고 나는 말했다.

그러자 그는 이렇게 대꾸했다.

"그러셨다면 잘못 보신 겁니다. 그는 단순한 선원이 아닌 여행자나 철학자로서 항해했기 때문입니다. 저분의 이름은 라파엘,

성은 히슬로다이입니다. 라틴어를 잘하지만, 그리스어에 더욱 능통합니다. 철학에 조예가 깊고 로마인들은 세네카와 키케로가 남긴 몇 편의 글 외에는 가치 있는 유산을 남기지 않았다고 생각하기 때문입니다. 라파엘 씨는 포르투갈 태생으로 세상을 구경하고 싶어 자신의 재산을 형제들에게 맡기고 아메리고 베스푸치와 함께 위험을 감수하고 항해를 떠났습니다. 베스푸치의 네 번 항해에 모두 참여했지만, 뉴 카스티야로의 마지막 항해에서는 가장 먼 지역에 남겨진 23명과 함께 있게 해 달라고 간청한 끝에 그곳에 남았습니다. 여행과 모험을 좋아해서 고국에 있을 때도 전혀 만족하지 않았습니다. 그는 천국으로 가는 길은 어느 곳에서나 같으며, 무덤이 없는 자는 하늘이 그를 덮어 준다고 말하곤 했습니다. 하나님이 그에게 큰 은혜를 베풀지 않았다면 그의 이런 생각은 큰 대가를 치렀을 것입니다. 어쨌든 베스푸치가 떠난 후 그는 5명의 동료들과 함께 여러 나라를 여행하다가 실론을 거쳐 마침내 캘리컷에 도착했는데, 정말 운 좋게도 포르투갈 선박을 발견하고 가까스로 고국으로 올 수 있었습니다.”

나는 페터의 말을 듣고 대화가 통할 사람을 소개해 준 그의 친절함에 고마움을 표했다. 그리고 라파엘과 가볍게 포옹한 뒤 처음 만난 사람늘이 흔히 하는 인사말을 나누고 모두 함께 내 집으로 갔다. 우리는 정원에 있는 파란색 둑 위에 앉아 즐겁게 담소를 나누었다.

베스푸치가 떠난 뒤, 그와 뉴 카스티야에 남아 있던 그의 동료들은 그 지역 사람들의 온정에 빠져들고 그들과 어느 정도 대화를 나눌 정도가 되었으며, 마침내 큰 어려움 없이 그곳에서 살았고 나중에는 친숙한 대화를 나눌 정도까지 되었다고 했다. 그 나라와 왕의 이름은 생각나지 않지만, 왕은 백성을 진정으로 사랑하는 군주였다. 그들에게 필요한 모든 것을 풍족하게 제공했을 뿐만 아니라, 수로로 여행할 때는 배를, 육지로 여행할 때는 마차를 제공하는 호의를 베풀었다. 또한 그와 일행이 가고 싶은 나라가 있으면 충실한 안내자를 동행시켜 그 나라 왕에게 그들을 소개하도록 했다. 여러 날을 여행하던 중 그들은 잘 통치되고 주민들이 행복하게 잘사는 어떤 지역에 도착했다.

그곳은 적도에 위치했기 때문에 태양이 움직일 때마다 타오르는 열기로 인해 메마른 사막이 광활하게 펼쳐져 있었다. 땅은 황폐했고 모든 것이 음산하게 보였다. 사람은 살지 않고 야생 짐승과 뱀이 득실거렸으며, 그 못지않게 사납고 잔인한 사람들만 살고 있었다. 그러나 그 땅에서 멀리 가면 갈수록 상황은 점점 나아졌다. 모든 것이 온화하고 공기는 덜 뜨거웠으며, 토양은 푸르고 짐승들도 덜 사나워 보였다. 한번은 히슬로다이 일행이 어떤 땅에 도착했는데, 이곳 주민들은 서로 사고파는 것은 물론 인근 마을이나 도시와도 교역했으며, 바다와 육로를 이용하여 멀리 떨어진 나라들과도 무역 활동을 했다.

그 나라에서 일행은 어렵지 않게 많은 나라를 가 볼 수 있다는 사실을 알았다. 왜냐하면 히슬로다이와 동료들은 항해를 앞둔 모든 배에서 환영받았기 때문이다. 그들이 처음 본 배는 바닥이 평평하고 돛은 갈대와 고리버들로 촘촘하게 엮여 있었으며 일부분만 가죽으로 덧대었다. 둥근 용골과 캔버스 돛으로 만들어진 배도 보았다. 모든 면에서 고국에 있는 배와 흡사했으며 선원들은 천문학과 항해술을 모두 이해하고 있었다. 그는 선원들이 전혀 몰랐던 나침반의 사용법을 알려줌으로써 그들의 호감을 샀다. 이전에 그곳 사람들은 매우 조심스럽게 그것도 여름철에만 항해했지만, 이제는 나침반 덕분에 계절에 상관없이 항해할 수 있게 된 것이다. 그렇게 나침반 사용법을 알게 되자 선원들은 안전하게 항해하는 데에 세심한 주의를 기울이지 않게 되었다. 그래서 그는 그들에게 큰 이익이 될 것으로 생각한 이 발견이 오히려 그들의 경솔함으로 인해 해악을 가져다줄 수도 있겠다고 생각했다고 한다.

여기서 히슬로다이가 목격한 것을 전부 다 말하려면 시간이 너무 오래 걸리고, 우리의 현재 목적에서 한참 빗나갈 수도 있다. 문명국가들에서 관찰한 현명하고 정교한 제도와 관련해서는 다음에 직절한 기회가 생기면 말할 수 있을 것이다. 우리는 그에게 궁금한 것에 대해 많은 질문을 했고, 그는 흔쾌히 대답해 주었다. 하지만 모험담에 흔히 등장하는 괴물에 대한 질문은 하지 않았다. 어디서든지 굶주린 개와 늑대, 사람을 잡아먹는 괴물들에 관한 이야기는 들을 수 있지만, 현명하게 잘 통치되는 국가의 이야기를 들을 기회는 흔치 않기 때문이다.

그는 새롭게 간 나라들에서 보았던 잘못된 많은 것들을 이야기하면서 우리가 살고 있는 나라의 잘못을 바로잡기 위해 본보기 삼을 수 있는 몇 가지 방법도 제시했다. 이에 대해서는 내가 앞서 말한 대로 나중에 논하기로 하고, 지금 여기서는 그가 들려준 유토피아의 관습과 법에 관한 세부 내용만을 설명할 작정이다. 우선 그 나라에 대해 어떻게 이야기하게 되었는지부터 말하고자 한다. 라파엘은 우리 조국을 비롯하여 많은 나라가 공통으로 범한 많은 과오에 대해 예리한 판단력으로 지적하고 여러 나라의 현명한 제도들에 대해서도 말했다. 그가 들른 모든 나라의 관습과 정부에 대해서도 마치 평생을 그곳에서 지낸 사람처럼 통찰력 있게 이야기했다.

페터 라파엘 님, 선생님처럼 박식한 분이 왜 왕을 위해 일을 하지 않는지, 그 이유를 잘 모르겠습니다. 제 생각에 선생님을 반기지 않을 국왕은 없을 텐데 말입니다. 사물이나 사람에 대한 학식과 경험이 이러한데, 선생님이 사람들 앞에 모범 사례를 제시하고 조언을 준다면 이익이 될 것이고, 주변 사람들도 아주 기뻐할 뿐만 아니라 큰 도움이 될 것입니다.

라파엘 저는 별로 관심 없습니다. 주변 사람들을 위해 해야 할 일은 이미 다 했으니까요. 다른 사람들이라면 늙고 병들 때까지 놓지 않을 재산을 저는 한창 젊고 건강할 때 친척과 주변 사람들에게 모두 나누어 주었습니다. 나는 친지들이 내 선물에 만족하리라 생각합니다. 그들도 내가 자신들을 위해 왕의 종이 되는 것을 기대하지 않을 테지요.

페터 당연한 말씀입니다! 제 말은 왕의 종이 되라는 뜻이 아닙니다. 그저 선생님이 왕과 대신들을 지원하고 도움을 주면 좋겠다는 말이지요.

라파엘 말만 다를 뿐 본질은 같다고 생각합니다.

페터 선생님이 뭐라고 말씀하시든, 저는 공직 생활을 하는 것만큼 대중에게 큰 도움을 주는 것은 없다고 생각합니다.

라파엘 그렇게 하면 행복해지나요? 저의 재능이 그렇게 혐오스러운 방법으로 동정받아야 할 이유가 없습니다. 저는 지금 제가 원하는 삶을 살고 있습니다. 궁정에서 왕이 시키는 일을 하는 척하며 사는 신하는 아무리 화려해 보여도 자기 뜻대로 살지 못합니다. 위대한 인물들의 호의를 받고자 하는 인간들은 너무나 많을뿐더러 그들이 저와 같은 성향의 사람들 탓에 골머리를 앓지 않는다면, 제가 이렇게 사는 게 큰 손해는 아닐 겁니다.

모어 라파엘 씨가 부나 권력에 욕심이 없다는 것은 잘 알겠습니다. 저 역시 그런 욕심 없는 이들을 세상의 어떤 위인보다 더 가치 있는 사람이라고 평가합니다. 하지만 선생께서 공무에 시간과 생각을 쏟는다면 누구보다 더 관대하고 철학적인 일을 할 수 있으시리라 생각합니다. 개인적으로는 약간의 불편함이 있을 수 있겠지요. 허나 그런 욕심 없이 공무에 헌신한다면 선생이 생각하는 관대하고 철학적인 영혼이 될 수 있는 일을 하는 게 아닐지요? 이를 위한 최선의 방법은 위대한 왕의 고문이 되어 왕이 훌륭하고 정의로운 일을 하도록 조언하는 것입니다. 어느 누구보다 잘하실 수 있을 거라고 저는 확신합니다. 샘에서 쉼 없이 샘물이 나오듯, 군주의 선과 악 역시 온 나라에 넘쳐나기 때문입니다. 선생의 학식과 경험은 그 자체만으로도 훌륭하기에 어떤 왕에게는 최고의 조언자가 될 수 있을 겁니다.

라파엘 모어 선생, 두 가지 측면에서 잘못 생각하시는 것 같습니다. 우선, 저는 그 자리에 적합한 사람이 아닙니다. 선생이 생각하는 것과 달리 제게는 그런 뛰어난 능력이 없습니다. 설사 그런 능력이 있다고 하더라도 제 평온의 시간만 희생될 뿐, 정작 민중은 조금도 나아지지 않을 겁니다. 그다음으로 군주들 대부분은 평화를 유지하는 것보다는 전쟁에서 이기는 기술에만 관심이 있습니다. 그러나 저는 전쟁에 대한 지식이 없고 전쟁을 좋아하지 않습니다. 그렇지만 군주들은 대부분 자신이 소유한 왕국을 잘 다스리는 것보다 옳든 그르든 새로운 왕국을 얻는 데만 혈안이 되어 있지요. 그리고 신하들은 너무나도 영특해서 다른 이의 도움 따위는 필요 없다고 생각합니다. 그들은 왕의 총애를 받는 자들이며, 아부하면서 자신들의 이익을 취하려고만 합니다. 실제로 인간의 본성 때문에 우리는 자기 생각이 최고이고 남에게 칭찬받기를 좋아합니다. 어미 까마귀가 새끼 까마귀를 사랑하고 원숭이가 자기 새끼를 끔찍이 아끼는 것과 같은 이치죠.

궁정에는 다른 사람들의 견해는 무시하고 자기 생각이 최고라고 생각하는 사람들로 가득 차 있습니다. 대신이라는 자들은 다른 나라에서 실행하고 있거나 역사책에서 찾은 어떤 정책을 말했을 때, 자신들의 지혜에 대한 명성이 위태로워지고 권위가 크게 위축될 것을 염려해서 결점만 찾아내려고 애씁니다. 그마저도 실패하면 "이는 우리 조상들이 늘 만족하며 사용한 방식이므로, 그대로 따르는 것이 당연히 좋습니다"라고 말하면서 충분히 반박했다고 생각하고 안심할 겁니다. 마치 우리가 조상보다 더 지혜로우면 큰일이라도 나는 것처럼 말입니다. 그들은 이전 시대에 있었던 좋은 것들은 기꺼이 버리고, 누군가가 더 나은 것을 제안하면 과거를 고집스럽게 동경한다는 구실을 대며 자신을 가리곤 합니다. 저는 여러 곳, 특히 영국에서 그런 오만하고 불합리하며 터무니없는 상황을 접했습니다.

모어 영국에 가 본 적이 있으신가요?

라파엘 예, 그렇습니다. 몇 개월 정도 머물렀는데, 서부 지방에서 일어난 반란(1497년 영국 서부 콘월 지방에서 가혹한 세금 징수로 인해 일어난 사건 - 역자)으로 인해 양민의 대량 학살이 자행된 지 얼마 지나지 않았을 때였습니다.

그때 저는 캔터베리 대주교이자 영국의 대법관인 존 모턴 추기경께 많은 신세를 졌습니다. 두 분도 잘 아시겠지만 그분은 지위뿐만 아니라 권위와 덕망으로 많은 이에게 존경받았지요. 보통 키에 나이가 많음에도 불구하고 자세는 꼿꼿했으며, 근엄한 인상은 보는 이로 하여금 두려움보다는 경외감을 불러일으켰습니다. 대화를 나눌 때도 상대를 편하게 대하면서 진지함과 엄숙함을 잃지 않았지요. 때때로 일자리를 부탁하러 오는 사람들도 있었는데, 그분은 그들을 대할 때도 관대했습니다. 다만 예리한 질문을 함으로써 그들의 심성과 정신 상태를 시험하는 것을 좋아하셨지요. 그들이 무례하지 않고 올바른 정신 상태를 가지고 있다고 생각되면 공직에 적합하다고 판단했습니다.

말할 때는 항상 품위를 유지했고, 법률에 대한 지식이 해박하고 이해력과 기억력이 매우 뛰어났습니다. 그리고 천부적인 그의 재능을 연구와 경험을 통해 더욱 향상시켰습니다. 제가 영국에 있었을 때 국왕은 그의 조언에 크게 의존하는 듯했고 관리들역시 그의 도움을 많이 받는 것 같았습니다. 그는 젊었을 때부터 줄곧 실무에 종사했기에 수많은 위기 상황을 겪고 극복하는 과정에서 많은 지혜를 쌓았습니다. 그렇게 얻은 지혜는 쉽게 잃어지지 않는 법이죠.

한번은 그분과 함께 식사한 적이 있었습니다. 우연히 영국인 변호사 한 명이 저희 식사 자리에 동석했습니다. 이유는 모르지만 그 변호사는 도둑을 엄중하게 처벌하는 것이 당연하다고 주장했습니다. 당시 절도범에게 행해지는 교수형에 대해 언급하면서 한 교수대에서 20명을 한꺼번에 처벌하는 곳도 있다고 말하더군요. 그러더니 교수형을 면할 길이 없는데도 여전히 도둑들이 득실거리는 이유를 도저히 이해할 수 없다고 했습니다. 그 말에 저는 추기경 앞이지만 대담하고 거침없이 이렇게 말했습니다.

"당연합니다. 도둑을 이런 식으로 처벌하는 것은 공정하지 않을 뿐만 아니라 범죄 억제책으로도 효과적이지 않기 때문입니다. 단순한 도둑질은 사람의 생명을 빼앗을 만한 큰 범죄가 아닙니다. 아무리 가혹한 형벌도 먹고살길 없는 자의 도둑질을 막을 수는 없습니다. 영국뿐만 아니라 이 세상의 많은 나라들이 학생을 가르치기보다는 체벌하는 것을 선호하는 일부 나쁜 교사들을 따라 하는 것 같습니다. 현재는 끔찍한 형벌이 법으로 제정되어 있지만, 모든 사람이 잘살 수 있도록 좋은 규정을 마련하여 누군가가 도둑질했다고 죽는 일이 발생하지 않도록 보호하는 것이 훨씬 낫습니다."

그러자 변호사는 이렇게 말했습니다.

"아, 거기엔 충분한 대비책이 있습니다. 범죄를 저지른 자들은 농사를 짓거나 수공예품을 만들어 팔면 됩니다. 나쁜 짓을 하지 않겠다고 마음만 먹으면 충분히 삶의 방식을 바꿀 수 있습니다.”

저는 그의 말에 이렇게 반박했습니다.

“그런 식으로는 문제가 해결되지 않습니다. 최근에 일어난 콘월 반란과 프랑스와의 전쟁으로 인해 많은 사람이 죽거나 팔다리를 잃고 불구자가 되었습니다. 불구가 된 사람들은 왕과 나라를 위해 더 이상 예전에 하던 일을 계속할 수 없게 된 데다 새로운 것을 배우기에는 너무 나이가 들었습니다. 그래도 전쟁은 간혹 발생하니까 제쳐두지요. 하지만 일상적으로 일어나는 일에 대해 생각해 보십시오. 엄청나게 많은 귀족이 빈둥거리며 소작농의 노동력에 의지하고 살면서도 수입을 늘리기 위해서 그들의 노동력을 착취합니다. 사실 귀족들은 소작농에게만 인색합니다. 다른 곳에는 돈을 펑펑 써대고 심지어 구걸할 일이 생기더라도 방탕한 생활을 합니다.

그뿐인가요, 생계를 유지하기 위한 기술은 하나도 배운 적이 없는 게으른 하인들을 몰고 다닙니다. 주인들은 아픈 사람을 돌보는 것보다 게으른 사람을 먹여 살리는 것을 더 좋아하기 때문이죠. 하지만 하인은 주인이 죽거나 병이 들면 곧바로 쫓겨납니다. 상속자들도 대식구를 유지할 수 없어서 하인을 내보냅니다. 이렇게 집 밖으로 쫓겨난 사람들은 얼마 지나지 않아 굶주림에 시달리게 되어 끝내 남의 물건에 손을 댑니다. 그들이 도둑질 말고 어떤 일을 할 수 있겠습니까? 떠돌아다니면서 건강은 나

날이 나빠지고 누더기 같은 옷을 걸치고 다니는데, 누가 그런 사람을 고용하겠습니까? 농사도 마찬가지입니다. 게으름과 쾌락에 빠져 칼과 큰 방패를 휘두르고 아랫사람을 무례하게 대하면서 이웃을 경멸하던 사람은 삽과 곡괭이를 쓰기에도 적합하지 않습니다. 그들 역시 가난한 사람에게 주는 적은 급여를 받고 변변치 않은 식사를 하면서 가난한 농부 밑에서 일하고 싶어 하지 않을 것입니다."

제 말에 변호사는 이렇게 대꾸했습니다.

"하지만 우리는 그런 부류의 사람들을 특히 소중히 대해야 합니다. 그들에게는 군대의 힘이라고 할 수 있는 중요하고 고귀한 명예심이 있기 때문입니다. 이는 상인이나 농민에게서는 전혀 찾아볼 수 없지요."

저는 그의 말에 냉소적으로 말했습니다.

"차라리 전쟁을 이유로 도둑을 양성해야 한다고 말하는 편이 낫겠군요. 그런 사람들이 있는 한, 도둑은 절대 줄지 않을 테니까요. 결국 도둑이 용맹한 군인이 되고 군인 역시 용감한 도둑이 될 수 있으니, 이들이 사는 방식은 연관이 아주 깊어 보이는군요. 그러나 우리가 흔히 보듯 많은 하인을 거느리는 이 나쁜 관습은 이 나라에만 국한된 것은 아닙니다. 프랑스의 상황은 더 심각하지요. 지금 상황이 평화롭다고 할 수 있을지는 모르겠으나, 평화로운 이 시기에도 프랑스에는 국가에서 지원하는 용병이 넘

처납니다. 게으른 귀족이 곁에 많은 하인을 두는 것처럼, 변호사님이 그들을 지원해야 한다고 말씀하신 것처럼 말입니다. 이는 공공의 안전을 위해 베테랑 군인들로 하여금 전쟁 준비 상태를 항상 유지해야 한다는 가식적인 정치가들의 선동 때문이라고 할 수 있습니다. 그들은 경험 없는 자들에게 의지할 수 없다고 생각하며, 심지어 병사들에게 목 베는 기술을 훈련시키겠다며 전쟁할 구실을 찾기도 합니다. 이는 고대 로마의 역사가 살루스티우스의 말처럼 '병사들이 너무 오랫동안 쉬어서 손이 무뎌지지 않도록 하기 위함'입니다.

프랑스는 이 짐승들에게 먹이를 주는 것이 얼마나 위험한 일인지를 큰 대가를 치르고 나서야 알게 되었습니다. 만약 용병에 의해 전복되고 완전히 파괴된 로마, 카르타고, 시리아를 비롯한 여러 국가와 도시의 운명을 본 사람들이 있었더라면 프랑스는 더욱 현명해질 수 있었을 테지요. 그리고 이러한 프랑스인의 어리석음 때문에 프랑스의 훈련받은 병사들이 영국 왕국의 경험 없는 병사들을 쉽게 물리쳤다고 말하기는 힘들 겁니다. 이 점에 대해서는 제가 영국을 두둔한다고 생각하실까 봐 여기까지만 말하겠습니다. 제 경험에 의하면, 도시의 기술공이나 마을의 농부들은 사고로 인해 몸이 불구가 되거나 궁핍해서 극도로 쇠약해지지 않는 한, 귀족의 게으른 하인들과 싸우는 것을 두려워하지 않습니다. 물론 본래 그 하인들도 건강하고 활력이 넘치는 사람들이었습니다. 귀족들은 그들이 망가질 때까지 자기 곁에 그런 사람들을 두는 걸 좋아하지요. 그런 나약한 귀족의 생활 방식으로 인해 그들은 너무 나약해진 겁니다. 애초부터 그들에게 실용적인 일을 가르치고 남자다운 노동을 하도록 훈련시켰다면 아주 잘 해냈을 겁니다.

어쨌든 전쟁에 대비하기 위해 평화를 해치는 자들을 지나치게 많이 보유하는 것은 합리적이지 않다고 생각합니다. 하지만 도둑질이 하인이나 용병에서 기인한 것만은 아니지요. 영국에 독특하게 적용되는 또 다른 요인이 있습니다."

추기경이 "그게 뭡니까?"하고 물었고, 저는 이렇게 대답했습니다.

"예전에 이 나라의 양들은 온순하고 말도 잘 들었습니다. 하지만 지금은 닥치는 대로 풀을 먹어 치우고 심지어는 사람까지 먹어 버릴 기세라지요. 목초지가 점점 늘면서 마을뿐만 아니라 도시까지 퍼져서 농지와 가옥이 사라지고 있습니다. 특히 어떤 지역의 양이 다른 데보다 부드럽고 풍성한 털을 생산한다고 알려지면, 귀족과 신사, 심지어 거룩한 수도원장까지도 조상 대대로 지대를 거둬들였던 자기네 땅에 만족하지 않게 됩니다. 그들은 편안하게 살면서, 대중에게 득이 되는 일은 하지 않기로 작정합니다. 농사를 짓지 않고 집과 마을을 파괴해 모든 땅을 목초지로 만들어 양 떼를 키웁니다. 양을 수용하기 위해 교회만 남겨두었습니다.

숲과 농지가 차지하는 비중이 극히 적은 것을 보면 아시겠지만, 땅을 가진 이 높으신 분들은 살기에 최적화된 땅을 황폐하게 만듭니다. 나라의 역병인, 이 만족할 줄 모르는 한심한 인간들이 조국에 재앙이 되고자 수천 에이커의 땅에 울타리를 치려고 한다면(당시 영국에서는 귀족들이 공동으로 사용할 수 있는 토지에 울타리를 쳐서 사유지로 만들었다 - 역자), 농민이나 토지 소유주는 그들의 속임수에 현혹되거나 권력의 힘에 압도당해 그 땅을 넘길 수밖에 없습니다. 이로 인해 남자와 여자, 남편과 아내, 부모와 어린 자식들이 그 땅을 떠나야만 합니다. 시골에는 일손이 많이 필요하기에 가난해도 가족 수가 많지요. 그런데 그 많은 사람이 정처 없이 고향을 떠나는 것입니다.

게다가 그들은 제대로 값을 쳐 줄 사람을 기다릴 여유가 없기 때문에 세간을 헐값에 팔아넘깁니다. 얼마 안 되는 돈을 다 써버리고 난 뒤에는 도둑질을 하다 교수형을 당하게 됩니다. (이것이 정당한지는 하나님만이 아실 겁니다!) 그렇지 않으면 여기저기 다니면서 구걸이나 하게 되겠죠. 하지만 게으른 부랑자로 취급받고 곧 감옥에 갇히게 될 겁니다. 그들은 일을 하고 싶어도 일자리를 찾을 수 없습니다. 경작할 땅이 남아 있지 않으니 일할 기회조차 없습니다. 농사를 짓고 곡물을 수확하려면 많은 일손이 필요하지만, 아무리 넓은 땅에 양을 방목한대도 목동이나 양치기는 많이 필요 없으니까요.

이렇게 계속해서 농지가 줄고 방목지가 늘면 곡물 가격이 폭등합니다. 양모 가격도 상승하게 되는데, 그중 한 가지 이유는 목초지에 도는 전염병으로 인해 양들이 죽어 나가기 때문입니다. 하나님이 목초지를 늘리려는 인간의 탐욕에 벌을 주기 위해 역병을 내리신 겁니다. 이에 따라 모직물을 만들어 팔던 가난한 직조공들은 더 이상 양모를 구할 수 없어서 일자리를 잃게 됩니다. 양의 수가 아무리 많아도 양모 값은 떨어지지 않습니다. 한 사람이 모든 양을 소유하지는 않기에 독점이라고 할 수는 없지만, 너른 목초지와 많은 양을 가진 극소수의 귀족이 양모업을 좌지우지하기 때문입니다. 부자인 그들은 자신들이 원하지 않으면 양모를 팔지 않습니다. 다시 말해, 양모의 가격이 높이 올라갈 때까지는 절대 팔지 않는 것입니다.

그리고 다른 가축의 값도 급등했는데, 그 이유는 앞에서 말씀드린 대로 농장이 붕괴해 가축을 사육하는 농가가 크게 줄었기 때문입니다. 부자들은 가축을 양처럼 제대로 사육하지 않습니다. 비쩍 마른 송아지를 헐값에 사서 자기 땅에서 살찌운 다음 높은 가격에 되팝니다. 이런 관행은 나중에 전국적인 폐해를 초래할 것입니다. 아직은 가축을 판매하는 지역에서만 가격이 오르겠지만, 송아지가 사육되는 기간보다 더 빠른 속도로 수요가 발생하면 공급이 수요에 미치지 못하게 되므로, 결국에는 총체적인 공급 부족이라는 사태로 이어질 수밖에 없습니다.

소수의 탐욕스러운 자들로 인해 세상에서 가장 행복해 보였던 이 섬나라는 그런 식으로 큰 고통을 겪게 될 것입니다. 치솟는 곡물 가격 때문에 고용주는 가능한 한 일손을 줄이려고 할 겁니다. 이때 일자리를 잃은 사람이 구걸하거나 도둑질하는 것 말고 어떤 일을 할 수 있겠습니까? 그중에서도 대담한 사람이 구걸하지 않고 쉽게 도둑이 되는 겁니다.

사치 풍조 또한 가난과 비참함을 더욱 악화시킵니다. 귀족 가문뿐 아니라 상인이나 농부 등 모든 계층의 사람들이 과도한 허영심 때문에 화려한 의복과 호사스러운 식생활에 막대한 돈을 소비합니다. 많은 술집과 여관, 매음굴이 나라 여기저기에 널려 있는 것을 보셨을 겁니다. 주사위 게임, 카드 게임, 축구 내기, 테니스, 고리 던지기 등과 같은 도박으로 돈을 쉽게 잃게 만듭니다. 결과적으로 여기에 빠진 사람들은 도박할 돈을 마련하기 위해 도둑질을 하게 되는 겁니다. 이러한 해악을 없애려면 땅을 훼손한 자들에게 자신들이 무너뜨린 마을을 직접 재건하게 하거나 그런 일을 하려는 사람들에게 땅을 양도하도록 법을 제정해야 합니다. 고약한 부자들의 사재기와 독점을 제한하는 것이 이 나라가 살길입니다. 농업을 살리고 양모 제조를 규제해서 구걸하거나 도둑이 되려고 하는 사람들에게 일할 기회를 주어야 합니다.

만약 이 문제에 대한 해결책을 찾지 못하면 절도범에게 엄한 처벌을 내려야 한다고 큰소리쳐 봤자 아무 의미가 없습니다. 현재의 정책은 겉보기에는 정의로워 보일지 모르지만 공평하지 않고 실용적이지도 않습니다. 선생님의 아이를 제대로 교육하지 않고 잘못된 행동을 해도 그대로 방치했다고 생각해 보십시오. 아이가 성인이 되어 범죄를 저질렀을 때 처벌한다면 아이를 도둑으로 만들어 놓고 도둑질했다고 처벌하는 것과 다를 게 있을까요?"

내 말을 받아칠 준비를 하고 있던 변호사는 자신의 좋은 기억력을 과시하듯 반론을 펼치기보다는 요약을 잘하는 사람 특유의 엄숙하고 형식적인 태도로 이렇게 말했습니다.

"외국인이신데도 아주 잘 관찰하신 것 같군요. 그런데 사람들에게 들은 이야기를 하신 모양입니다. 정확하지 않은 내용도 꽤 있는 것 같거든요. 말씀하신 것에 대해 제가 논증해 보겠습니다. 영국의 지역 특성을 잘 모르시는 선생께서 어떤 점을 잘못 알고 계시는지 조목조목 자세히 설명해 드리지요. 제가 볼 때는 바로 네 가지 점에서…"

이때 추기경이 나섰습니다.

"잠깐만요. 변호사님의 반론은 말씀하신 것처럼 간단히 끝날 것 같지 않군요. 그러니 지금 당장 말하는 수고는 덜고 두 분이 괜찮으시다면 내일 만나서 다시 논의하는 게 어떻겠습니까? 그보다 라파엘 씨, 도둑질을 사형으로 처벌해서는 안 된다고 생각하는 이유는 무엇인가요? 그리고 어떤 처벌이 공공의 이익에 더 효과적이라고 생각하시는지 의견을 듣고 싶군요. 사형으로 처벌해도 도둑질이 근절되지 않고 있으니 말입니다. 하지만 선생이 제안하신 대로 사형에 대한 두려움을 없앤다면 대체 어떤 두려움이나 힘으로 이들을 억제할 수 있을까요? 형벌 완화가 더 많은 범죄를 저지르도록 조장하지는 않을까 우려됩니다."

저는 이렇게 대답했습니다.

"추기경님, 돈을 훔쳤다고 해서 사람의 생명을 빼앗는 것만큼 부당한 일은 없다고 생각합니다. 이 세상에 인간의 목숨만큼 가치 있는 것은 없기 때문입니다. 누군가 '절도범이 고통받는 것은 돈 때문이 아니라 법을 어겼기 때문'이라고 주장한다면, 저는 극단적인 정의는 극단적인 해악을 야기한다고 말하겠습니다. 마치 살인과 절도 사이에 아무 차이가 없는 것처럼 사소한 죄를 지어도 사형에 처하는 법이나 모든 죄를 똑같이 처벌하는 금욕주의에 입각한 견해에는 누구도 동의하지 않을 것입니다. 하나님께서는 우리에게 살인하지 말라고 명하셨는데, 돈 몇 푼 훔쳤다고 그렇게 쉽게 사람을 죽여도 될까요? 그러나 누군가 법에서 허용하는 경우를 제외하고 살인이 금지되어야 한다고 주장한다면, 같은 논리로 어떤 경우에는 강간이나 간통과 위증 등을 허용하는 법이 제정되는 것은 어떻게 막을 수 있겠습니까?

하나님께서는 우리 자신이나 다른 사람의 생명을 처분할 권리를 우리에게 주시지 않았다는 점에서 볼 때, 만일 인간의 상호 합의에 따라 살인이 적법적인 행위가 된다면 인간의 법이 하나님의 계율보다 위에 있게 되는 것 아닌가요? 그렇게 된다면 하나님의 계율은 인간의 편의에 따라 준수 여부가 결정될 겁니다. 엄중하고 가혹하다고 알려진 모세의 율법은 다루기 힘든 노예를 다스리기 위해 제정되었지만, 그 법에서조차 절도범에게는 벌금형만 내렸을 뿐 교수형에 처하지 않았습니다. 하나님은 어버이 같은 자비로운 법으로 인간에게 온화함을 베푸셨는데, 인간이 살인이라는 자신의 잔인한 행위에 스스로 면죄부를 주어서는 안 될 것입니다.

이런 이유로 도둑을 사형에 처하는 것은 불합리하다고 생각합니다. 실제로도 도둑과 살인자가 동등하게 처벌되어야 한다는 것은 터무니없을 뿐만 아니라, 공익에도 분명히 좋지 않은 영향을 미칩니다. 살인죄에 대한 형벌이 절도죄보다 무겁지 않다면 단순히 도둑질만 하는 상황에서 자연스럽게 살인까지 저지르도록 도둑을 자극할 수 있겠지요. 형벌이 같으면 증인을 살해함으로써 절도와 살인을 모두 은폐할 기회를 얻을 수도 있으니까요. 따라서 절도범을 극형으로 겁주려는 노력이 실제로는 그들이 무고한 사람을 죽이도록 부추기는 결과를 낳을 수 있습니다.

그러면 "이보다 더 나은 처벌 방식은 무엇일까요?"라고 질문할 수 있을 겁니다. 맞습니다. 어떤 형벌이 더 나쁜지를 설명하는 것보다 더 나은지를 설명하는 편이 훨씬 더 쉽습니다. 통치 기법을 아주 잘 이해한 고대 로마인들이 오랫동안 시행한 처벌 방식의 효율성에 우리가 의구심을 가질 수 있을까요? 그들은 중대한 범죄를 저지른 죄인에게 쇠사슬에 묶인 채 평생을 채석장이나 광산에서 일하도록 하는 형벌을 내렸습니다.

　그러나 제가 알고 있는 가장 바람직하다고 생각하는 형벌 제도는 페르시아 여행 중에 알게 된 폴리레리타에Polyleritae(가상의 국가로, 그리스어에서 'polus(많다)'와 'leiros(넌센스)'의 합성어다. 이는 '의미가 전혀 없다'라는 뜻이다 - 역자)라는 나라의 방식입니다. 폴리레리타에는 국토의 면적이 상당히 넓고 사회 체계가 잘 갖춰진 나라입니다. 이 나라 사람들은 해마다 페르시아 왕에게 조공을 바치지만, 그 밖에는 독자적이고 자치적으로 정한 법을 따릅니다. 이 나라는 바다에서 멀리 떨어져 있고 전체가 산으로 둘러싸여 있지만, 비옥한 땅에서 나는 수확물만으로도 풍족하게 살 수 있어서 다른 어떤 나라와도 교류할 필요가 없습니다. 그리고 주변 정세나 지역 환경 덕분에 외세의 침략으로부터 안전하고, 나라의 영토를 확장하려는 생각 또한 전혀 하지 않습니다. 따라서 전쟁이라는 개념이 없고, 호화롭지는 않지만 평온하게 살면서 야심이나 명성보다는 만족과 행복을 우선시합니다. 그래서인지 국경을 맞대고 있는 몇몇 이웃 나라를 제외하면 이 나라에 대해 잘 알지 못합니다.

이 나라에서 절도죄를 범한 것으로 판명된 자는 (다른 나라에서와 달리) 훔친 물건을 왕에게 주지 않고 주인에게 배상하는데, 이는 왕과 절도범 모두 훔친 물건에 대한 권리가 없다고 생각하기 때문입니다. 그러나 절도범이 훔친 물건을 이미 처분해서 갖고 있지 않으면, 절도범의 재산을 추산하여 피해자에게 변상하도록 합니다. 그리고 남은 재산은 절도범의 아내와 자녀에게 주도록 하고 절도범은 중노동형을 선고받습니다. 절도범 자신은 공공 노역장에서 일을 해야 하지만, 특별한 상황이 발생하지 않는 한 투옥되거나 사슬에 묶이는 일은 없습니다. 구속당하지 않고 자유롭게 다니며 대중을 위해 일하게 됩니다. 만약 게으름을 피우거나 일하지 않으면 채찍질을 당하지만, 그 외에는 어떠한 모욕적인 대우를 받지 않습니다. 밤에 감방에서 점호받고 오랫동안 노동을 하는 것 외에는 안정된 생활을 할 수 있습니다.

그들은 대중을 위해 공적인 일을 수행하기 때문에 정부로부터 식사를 제공받습니다. 죄수들을 위한 자금 조달 방식은 지역마다 차이가 있습니다. 어떤 지역에서는 자선기금을 모금하여 지원하기도 합니다. 이 방법은 얼핏 불확실해 보일 수 있지만 이 나라 사람들의 성향이 너무나 자비롭기에 실제로 충분한 자금을 확보할 수 있습니다. 다른 지역에서는 그들을 위한 공적 자금을 따로 마련해 두거나 자금 확보를 위해 주민들에게 특별세를 징수합니다.

간혹 죄수를 공적 사업에 투입하지 않고 개인업자에게 일반인보다 약간 낮은 임금 수준으로 고용하도록 하는 지역도 있습니다. 다만, 죄수가 게으름을 피우거나 일을 하려고 하지 않으면 고용주는 채근하기 위해 채찍질을 하는 것이 허용됩니다. 이런 식으로 죄수들에게는 언제나 일할 곳이 있으며, 그들은 자신에게 드는 비용보다 더 많은 공익을 가져다줍니다.

죄수들은 특정 색깔의 옷을 입습니다. 머리카락은 밀지 않고 귀 위까지 바짝 깎는데, 한쪽 귀의 끝을 약간 자릅니다. 친지들은 그들에게 음식과 의복을 줄 수 있지만 정해진 색깔의 의복만 가능합니다. 그러나 돈을 주는 것은 금지되며, 발각될 경우 준 사람과 받은 사람 모두 사형에 처합니다. 또한 이유를 막론하고 자유인이 죄수의 돈을 빼앗는 것 역시 중대한 범죄입니다. 노예(이 나라에서는 죄수를 이렇게 부릅니다)가 무기를 소지해도 사형에 처합니다. 지역마다 고유한 표식을 착용하도록 하는데 그 표식을 떼거나, 자신의 구역을 이탈하거나, 다른 관할권의 죄수와 대화하는 것 모두 사형 죄에 해당하지요. 탈주를 모의하는 것 역시 탈주 실행 못지않은 중죄입니다. 만약 노예가 탈주 모의에 관한 정보를 알았음에도 신고하지 않으면 사형에 처하고, 자유인의 경우는 노예가 됩니다. 반면, 신고자에게는 포상합니다. 자유인에게는 금전으로 보상하고 노예에게는 자유를 주는 식입니다. 이런 식으로 노예들에게 탈주하는 것보다 자신이 저지른 범죄 행위에 대해 회개하는 것이 더 낫다는 인식을 계속해서 심어줍니다.

이 나라의 절도범과 관련된 법과 원칙은 관대하고 온건하지만 확실히 공익에 많이 기여합니다. 악행을 근절하고 사람은 보존함으로써, 절도범들이 자신의 여생을 이전에 저지른 악행을 만회하는 데 전념해야 할 필요성을 깨닫게 하는 방식으로 작동되기 때문입니다.

그러므로 절도범이 예전의 습성으로 다시 돌아갈 위험이 없기에, 다른 관할 지역에서 온 여행자의 안내원 역할을 하기도 합니다. 물론 여행자들 대부분은 그들이 해가 된다고 생각하지 않습니다. 이들은 무기를 소지할 수 없고, 돈을 가지고 있는 것만으로도 절도했다는 혐의를 받습니다. 남에게서 강탈하지 않는 한 수중에 돈이 있을 리가 없기 때문입니다. 만약 절도를 저지르면 반드시 잡혀 처벌받게 될 뿐만 아니라 도주한다고 해도 성공할 가능성이 거의 없습니다. 그들의 옷차림이 모든 면에서 일반인과는 크게 다르기 때문에 벌거벗고 다니지 않는 한 도망칠 수 없으며, 잘린 귀 때문에라도 금세 신분이 들통납니다.

노예들이 모의해서 정부를 전복시키는 상황이 발생할 수 있다고 우려할 수도 있습니다. 하지만 다른 지역의 노예를 선동해서 함께 반란을 도모하지 않는 한, 한 지역의 노예들만으로 국가를 전복시키기는 현실적으로 불가능합니다. 그러나 행정 구역이 다른 노예를 만나거나 서로 이야기하는 것이 금지되어 있으며, 심지어 인사하는 것조차 허용되지 않습니다. 또 음모에 가담하는 것은 지극히 위험하고 음모에 관한 정보를 정부에 제공하는 것이 각자에게 더 큰 이익이 되기 때문에, 노예들은 위험을 무릅쓰면서까지 반란에 가담하려 하지 않습니다. 이들은 순종하고 인내하면서 앞으로 자신의 생활 방식을 바꾸리라는 확실한 믿음을 주기만 하면 자유를 얻을 수 있다는 희망을 품고 삽니다. 실제로 해마다 많은 노예가 모범적인 행동을 보여줌으로써 자유의 몸이 됩니다."

이렇게 말한 다음, 저는 영국도 그렇게 하면 변호사가 그토록 중요시하는 엄중한 정의를 구현할 수 있을 텐데 왜 이런 방식의 제도를 채택하지 않는지 모르겠다고 덧붙였습니다. 그러자 그 잘난 변호사는 고개를 가로저으면서 이렇게 말했습니다.

"그런 제도는 영국 전체를 위험에 빠지게 하기에 채택되는 일은 없을 겁니다."

그러더니 얼굴을 찌푸리고 입을 닫았습니다. 그 자리에 있는 사람 중 추기경을 제외하고 모두가 그 변호사의 말에 동의하는 것 같았습니다. 그때 추기경이 자신의 의견을 말했습니다.

"이 제도는 아직 영국에서 한 번도 시도된 적이 없기 때문에 효과가 있을지는 확실하지 않습니다. 그러면 실험 기간을 정해 놓아 절도범에게 사형 선고가 내려졌을 때 국왕이 죄인의 성소 특권(당시에는 범죄자가 교회 안에 있으면 형을 집행하지 못했으며, 모어는 이 비호권을 비판했다 - 역자)을 부정하고 사형 집행에 유예 기간을 두는 방식은 어떨까요? 결과가 좋으면 이를 법으로 제정하고 그렇지 않으면 절도범을 곧바로 사형에 처하면 되지 않겠습니까? 사형 선고를 받는 자는 즉각 처형되지 않음에 불만이 없을 것이기 때문에 이 실험으로 인한 문제는 전혀 없을 겁니다. 제 생각에는 부랑자들에게도 이 같은 방식을 적용해도 괜찮을 것 같군요. 이들의 문제를 해결하기 위해 많은 법을 만들었지만 여태까지 전혀 실효를 보지 못했으니까요."

추기경이 말을 마치자, 내가 말할 때는 경멸의 눈길을 보낸 사람들도 그의 제안에는 이구동성으로 동의했습니다. 특히 추기경이 부랑자들을 직접 관찰했기 때문인지 부랑자들과 관련된 제안에 대해서는 더 열광적인 지지를 보낸 것처럼 보였습니다. 그 뒤에 나눈 이야기는 대수롭지 않아서 말할 가치가 있는지는 모르겠습니다만, 우리가 다루는 주제와도 어느 정도 연관이 있을 것 같으니 그냥 말씀드리도록 하죠.

우리와 함께 있던 사람 중에 마치 광대처럼 바보짓을 잘하는 사람이 있었습니다. 그가 사람들을 웃기기 위한 말을 하면, 그 말이 너무나 황당한 데다 재미도 없었기에 어이가 없어서 웃는 경우가 많았습니다. 하지만 '주사위를 자꾸 던지다 보면 행운을 얻을 때도 있다'라는 격언이 있듯이 간혹 올바른 말을 할 때도 있었지요. 누군가가 저에게 이런 말을 했습니다.

"도둑 문제는 라파엘 씨가 해결했고 부랑자 문제는 추기경께서 처리하셨으니, 병자와 노약자 문제만 해결하면 되겠군요."

그러자 그 광대가 말했습니다.

"그 문제는 제게 맡겨 주십시오. 제가 어떻게든 해결해 보겠습니다. 불평불만만 늘어놓는 사람들만 보면 정말 짜증이 나서 꼴도 보기 싫습니다. 아무리 죽는소리하면서 구걸해도 저한테는 단 한 푼도 얻어내지 못할 겁니다. 왜냐하면 저한테 돈이 한 푼도 없든지, 돈을 줄 마음이 없든지 둘 중 하나이기 때문입니다. 그들도 이제는 저에 대해 잘 알기 때문에 마치 제가 수도사인 양 지나가도 그냥 내버려 둡니다. 저라면 이 모든 걸인을 수도원에 보낸 다음, 남자는 베네딕트회 평수사(사제 서품을 받지 않은 수도자로, 주로 수도회의 육체노동을 맡아 한다 - 역자), 여자는 수녀가 되도록 하는 법을 만들겠습니다."

추기경은 익살맞게 웃으면서 그의 말에 찬성한다는 의사를 표했는데, 다른 사람들은 진심으로 그의 말에 동조하는 듯했습니다. 그런데 그 자리에 있던, 줄곧 심각하고 침울한 표정을 짓고 있었던 한 수도사가 광대의 이야기에는 매우 흥미 있어 했습니다. 그러더니 비아냥거리며 광대에게 이렇게 말했습니다.

"하지만 먼저 우리 같은 탁발 수도사에 대한 대책 없이는 걸인 문제를 해결할 수 없을 겁니다."

그러자 광대가 되받아쳤습니다.

"그 문제는 이미 해결되지 않았나요? 좀 전에 추기경께서 제안하신 대로 당신과 같은 유랑자에게는 노역을 시키면 될 것으로 생각합니다."

그 자리에 있던 사람들은 추기경의 반응을 살폈습니다. 추기경이 큰 문제가 없다는 반응을 보이자 또 한 번 모두가 동조했고 한층 분위기가 고조되었습니다. 쉽게 상상할 수 있듯 그 수도사만 몹시 격앙되어 광대를 불한당, 중상모략자, 험담꾼, 멸망의 자손이라고 욕했고 성경 구절까지 인용하면서 지옥에나 떨어지라고 저주를 퍼부었습니다.

그러자 추기경이 자기편이 되었다고 생각한 광대는 특유의 익살맞은 표정을 짓고 신이 나서 말하기 시작했습니다.

"존경하는 수도사님, 너무 화내지 마십시오. 성경 말씀에서도 '너희의 인내로 너희 영혼을 얻으리라'고 하지 않습니까?"

그러자 수도사는 (그가 한 말을 그대로 옮기면) 이렇게 대답했습니다.

"이 빌어먹을 인간아, 누가 화를 냈다고 그래? 시편에 이르기를 '너희는 화를 낼지언정 범죄하지 말지어다'라고 했듯이 적어도 나는 죄를 짓지 않아!"

그러자 추기경은 수도사에게 화를 가라앉히라고 타일렀습니다. 수도사는 추기경에게 이렇게 말했습니다.

"추기경님, 저는 화를 내는 것이 아닙니다. 제가 마땅히 가져야 하는 선한 열정으로 말했을 뿐입니다. 우리의 성인들은 '주의 집을 위하는 열정이 나를 삼켰다'고 말했고, 우리 교회에서도 '엘리사가 주님의 집에 오를 때 그를 조롱한 자들은 그 대머리 성인이 지닌 열정의 결과를 느낄 수 있었다'라며 찬송했지요. 저 광대와 같이 남을 조롱하는 자와 속이는 자, 무뢰한 자 모두 이를 느끼게 될 겁니다."

이 말을 듣고 추기경이 말했습니다.

"그 열정이 좋은 의도에서 나온 것임은 알겠습니다. 하지만 내 생각에는 저 광대와 쓸데없는 언쟁을 더 이상 벌이지 않는 것이 더 현명하고 나을 것 같군요."

"맞습니다. 제 행동이 현명해 보이지는 않았을 겁니다. 하지만 가장 지혜롭다는 솔로몬도 '미련한 자에게는 그의 어리석음을 따라 대답하라'고 하였고, 저 역시 그 말씀대로 하고 있는 겁니다. 조심하지 않으면 한없이 헤어나기 힘든 나락으로 떨어질 것이라고 저 광대에게 알려주는 겁니다. 한 명의 대머리에 불과한 엘리사를 조롱한 사람들이 그 열정을 느꼈는데, 수많은 탁발 수도사를 조롱한 자는 어떻게 되겠습니까? 마찬가집니다. 우리에게도 교황의 칙령이 있는데, 이에 따르면 우리 수도사를 조롱하는 자는 모두 파문당합니다."

논쟁이 쉽게 끝나지 않으리라 판단한 추기경은 광대에게 손

짓으로 뒤로 물러나라고 했고, 토론의 주제를 다른 방향으로 돌렸습니다. 그리고 잠시 후 추기경은 자리에서 일어서면서 탄원한 사람을 만나러 가야 한다고 말했고 우리는 자연스럽게 해산했습니다.

　모어 씨, 제 이야기가 길어서 지루하셨을 것 같습니다. 사실 줄여서 말할 수도 있었습니다. 하지만 선생께서 진지하게 이야기해달라고 하셨고, 또 이렇게 열심히 들어 주시니 그때 토론한 내용을 빼먹지 않고 이야기하였습니다. 그리고 제가 한 제안을 처음에는 경멸했던 사람들이 추기경이 동의하는 것을 보고 금세 태도를 바꿔 찬성 입장으로 돌아선 상황을 생생하게 들려드리고 싶었습니다. 그때를 돌이켜 보면 사람들이 추기경에게 얼마나 아첨하고 싶어 하는지 잘 알 수 있습니다. 광대의 제안에 추기경이 농담 식으로 동감한다는 의사를 보였을 뿐인데 사람들은 진심으로 환호를 보낼 정도였으니까요. 그러니 궁정에서 저 같은 사람의 조언이 어떤 취급을 받을지 충분히 짐작할 수 있을 겁니다.

　모어 라파엘 선생, 말씀 잘 들었습니다. 이야기가 너무 재미있고 유익하다는 생각이 듭니다. 그리고 존엄하신 추기경님에 관한 이야기를 들으니, 영국에 있을 때 그분 집에서 어린 시절을 보낸 기억이 납니다. 처음 뵐 때부터 좋아했지만, 그토록 소중한 추기경님에 대한 기억을 되살려 주셔서 너무나도 감사합니다. 하지만 선생이 궁정에서 일해야 한다는 제 생각에는 변함이 없습니다. 궁정에 대한 혐오감을 떨쳐버린다면 국왕께 드리는 선생의 조언은 민중에게 크나큰 도움이 될 겁니다. 이는 선량한 사람이라면 반드시 해야 할 의무이기도 하지요. 선생께서도 좋아하는 철학자 플라톤은 "국가는 철학자가 왕이 될 때나 왕이 철학자가 될 때 행복해진다"라고 말했습니다. 그런데 선생 같은 철학자가 왕에게 도움이 되는 조언을 하는 것이 자신의 의무라고 생각하지 않는다면 우리는 행복에서 멀어질 수밖에 없겠지요.

라파엘 철학자는 몰인정한 사람들이 아니기 때문에 기꺼이 그렇게 하겠지요. 사실 많은 철학자가 자신이 쓴 책을 통해 훌륭한 조언을 했습니다. 권력을 가진 자들이 그 조언에 귀를 기울이지 않았을 뿐이죠. 그러나 왕은 어린 시절부터 잘못된 생각에 길들여졌기 때문에 자신이 철학자가 되지 않는 한, 철학자들의 조언에 전적으로 따르지 않을 것이라는 플라톤의 판단이 옳습니다. 그는 디오니시우스 왕과의 경험을 통해 이것이 확실하다는 것을 깨달았지요."(플라톤은 시라쿠사를 다스리던 디오니시오스 1세의 초청을 받았지만 그의 과두정치를 비난했고, 결국 왕의 분노를 사서 노예로 팔리기까지 하였다 – 역자)

만약 제가 어떤 왕에게 좋은 법을 제안하고 내부의 악과 부패를 근절하려고 한다면 곧장 추방당하거나 사람들의 조롱거리가 되고 말 겁니다. 프랑스의 궁중 회의에 제가 참석했다고 가정해 보지요. 대신들은 '어떻게 하면 국왕이 밀라노를 장악하고 나폴리를 다시 수중에 넣은 다음, 베네치아를 굴복시킨 후 이탈리아 전체를 복속시킬 수 있을까?', '그 후 어떻게 해야 플랑드르, 브라반트와 부르고뉴 전역을 장악할 수 있을까?', 또한 '몇몇 다른 왕국들을 프랑스 영토에 병합할 방법이 있을까?' 같은 문제를 해결하는 방법에 대해 진지하게 토론할 겁니다. 저 역시 국왕이 주관한 이 회의에서 지혜롭고 노련한 대신들과 함께 전략을 짜고 있겠지요.

첫 번째 대신이 우선 베네치아와 동맹을 체결하고 일정 기간 동맹을 유지하자고 제안합니다. 국왕이 베네치아인들에게 믿음을 줄 수 있도록 공동 전략을 세우고 그들에게 전리품도 나눠주었다가, 나중에 원하는 결과를 얻었을 때 준 것을 다시 빼앗으면 된다고 말합니다. 두 번째 대신은 독일 용병을 고용하자고 제안하고, 세 번째 대신은 스위스인을 돈으로 매수하여 중립을 지키게 하자고 조언합니다. 그런가 하면 네 번째 대신은 신성로마 제국 황제의 환심을 사기 위해 황제에게 황금을 바치자고 제안합니다. 다섯 번째 대신은 아라곤 국왕과의 화평을 유지하기 위해 프랑스가 나바라 왕국의 통치권을 주어야 한다고 주장합니다. 그리고 마지막 대신은 혼인 동맹을 구실로 카스티야 군주를 프랑스로 유인해야 한다고 말합니다. 그러기 위한 첫 단계로 프랑스에 호의적인 카스티야 궁정의 일부 가신에게 정기적으로 급료를 주면서 매수해야 한다고 주장합니다.

가장 까다로운 문제는 영국에 대한 대처법입니다. 첫 번째 주장은 평화 조약을 체결해야 한다는 겁니다. 하지만 동맹 관계를 유지하면서도 언제 적으로 돌변할지 모르니 경계를 늦추지 않아야 합니다. 공세를 취하는 기미가 조금이라도 보이면 즉시 스코틀랜드가 영국을 공격하도록 준비시키는 겁니다. 영국 왕위에 대한 권리를 주장하는 추방된 일부 귀족을 은밀히 부추김으로써 신뢰할 수 없는 영국 왕에게 압박을 가하면 왕은 두려움을 느끼게 될 수 있다는 주장도 있습니다.

이렇게 많은 뛰어난 인재들이 엄청나게 열정적으로 정교한 전략들을 경쟁적으로 쏟아내는 자리에서 만약 저 같은 하찮은 존재가 나서서 전혀 다른 식의 조언을 하면 어떻게 되겠습니까? 저는 그들에게 프랑스 왕국은 이미 너무 거대해져서 제대로 통치하기가 힘든 상황인데 다른 영토까지 확장할 생각은 하지 말아야 한다고 주장할 겁니다.

그리고 유토피아의 남동쪽에 위치한 종족인 아코리아('아코리아Achoria'는 그리스어로 '없다a'와 '장소achora'의 합성어로, 아코리아는 '아무 데도 없다'는 의미다─역자)의 결의안에 대해 언급할 겁니다. 아코리아는 아주 오래전에 있었던 혼인을 구실 삼아 과거에 동맹 관계에 있던 왕국을 손에 넣으려 전쟁을 벌였습니다. 끝내 승리하여 왕국을 힘들게 정복했으나 그에 못지않게 통치하기가 힘들다는 것을 알았습니다. 그 나라에서는 반란이 끊이지 않았고 외세의 침략에도 노출되어 있었습니다. 반란 세력은 물론 외세의 침략에도 대항해야 했기 때문에 계속해서 군대를 동원할 수밖에 없었습니다. 그러는 과정에서 백성들은 무거운 세금에 시달렸고 나라의 돈은 계속 밖으로 빠져나갔습니다. 자국민은 자신의 이익이 아닌 왕의 영광을 위해 피를 흘려야 했고 평화가 언제 올지에 대한 희망조차 없었습니다. 오랜 전쟁으로 인해 인심이 흉흉해지며 사람들은 타락했고 도처에 강도와 살인이 만연했습니다. 급기야는 나라의 법마저 무시되는 지경에 이르렀지요.

이는 왕의 관심이 두 개의 나라에 분산되다 보니 어느 한쪽에도 제대로 집중하지 못한 결과였습니다. 그대로 두면 이 재앙 같은 상황이 끝나지 않을 것으로 생각한 아코리아인들은 열띤 토론 끝에 왕을 찾아가서 두 왕국 중 어느 왕국을 통치할 것인지 선택할 것을 정중하게 요청했습니다. 한 명의 마부에게 두 개의 마차를 몰게 하지는 않는다고 말하면서 한 사람의 왕이 두 나라를 다스리기는 힘들다고 했습니다. 그러자 현명한 왕은 새 왕국을 친구 중 한 명에게 넘겨주기로 했고, 옛 왕국으로 만족해야 했습니다. 물론 얼마 안 가서 그 친구는 왕위에서 쫓겨났습니다.

모든 전쟁 행위와 엄청난 혼란, 그로 인한 국고의 소진과 백성의 타락은 불행으로 이어져 종국에는 모든 것을 쓸어버릴 겁니다. 따라서 왕은 자신의 왕국을 성심껏 보살펴 가능한 한 크게 번성시켜야 마땅합니다. 왕은 백성을 사랑하고 그들로부터 사랑받아야 합니다. 백성 가운데 살면서 그들을 어질게 다스리고 다른 왕국은 탐내지 않아야 합니다. 왕이 갖는 몫이 엄청나지는 않더라도 그 정도면 충분할 것입니다. 제가 이렇게 주장한다면 다른 각료들이 어떻게 받아들일까요?

모어 솔직히 말해서 별로 좋게 받아들이지는 않을 것 같군요.

라파엘 이번에는 다른 상황을 가정해 보겠습니다. 또 다른 부류의 대신들이 왕의 금고를 불리기 위해 여러 가지 주요 방안에 대해 논의하고 있습니다.

첫 번째 대신은 왕에게 빚이 많을 때는 화폐 가치를 높이고 수입이 많을 때는 화폐의 가치를 낮추자고 제안합니다. 그렇게 되면 적은 돈으로 큰 부채를 해결할 수 있으며, 세금으로 거둬들이는 돈의 가치가 커지는 효과를 볼 수 있습니다.

두 번째 대신은 전쟁을 하는 척만 하자고 제안합니다. 이는 백성들에게 세금을 거둬들이는 명분이 될 수 있기 때문입니다. 일단 돈이 들어온 뒤에 적절한 때 왕이 제사장처럼 엄숙하게 평화를 선언하면, 우매한 백성들은 이를 자신들의 생명을 중시하는 국왕의 배려와 은덕으로 여겨 감사해할 겁니다.

세 번째 대신은 오랫동안 적용하지 않아 용도 폐기된 법을 이용할 생각을 합니다. 사람들은 그런 법이 있다고 생각조차 하지 못하기 때문에 위반하는 사례가 많이 발생할 겁니다. 이때 이 법을 위반한 사람들에게 벌금을 부과하면 국왕이 큰돈을 거두어들일 수 있으리라 말합니다. 법을 집행하고 정의를 행하는 것처럼 보이기 때문에 왕은 좋은 평판까지도 얻을 수 있습니다.

네 번째 대신은 특정한 행위, 즉 대중의 이익에 반하는 행위에 대해 과중한 벌금을 부과하는 법을 제정하자고 조언합니다. 이 법을 위반한 사람 중 국왕에게 거액을 지불하는 사람은 면책권을 부여받을 수 있습니다. 이는 두 가지 목적에 도움이 됩니다. 한 가지는 법을 위반한 자에게 엄청난 대가를 치르게 하여 왕은 공익을 위배하는 행동을 하는 것은 절대 허용하지 않는다는 의지를 보여줌으로써 대중의 인기를 보장받을 수 있게 합니다. 다른 한 가지는 막중한 벌금과 면책권 판매로 금전적 수입을 이중으로 올릴 수 있다는 겁니다.

다섯 번째 대신은 국왕이 재판관들로 하여금 모든 소송 사건에서 왕에게 유리한 판결을 하도록 매수할 것을 제안합니다. 수시로 그들을 궁정으로 불러 국왕 앞에서 국왕과 관련된 사건에 관해 논의하도록 하는 겁니다. 왕의 주장이 부당한 경우에도 재판관 중 일부는 그 동기가 무엇이든(반박에 대한 열망 때문이든 명백한 사실을 싫어해서든 혹은 자신의 이익을 위해서든) 모순점이나 특이점을 찾아 물고 늘어질 겁니다. 그렇게 되면 다른 재판관들도 상반된 의견을 제시하게 되며, 완전히 명백히 문제가 있는 사안임에도 불구하고 논란의 여지가 생기고 진실 자체가 논쟁거리가 될 수 있습니다. 결과적으로 국왕은 법이 자신에게 유리하게 적용되도록 할 수 있습니다. 그 자리에 있는 재판관들은 수치심이나 두려움 때문에 왕의 해석을 따르게 되고 그것을 법으로 선언할 겁니다. 만약 이 모든 것이 실패했을 때는 '의심할 여지없는 특권'을 가진 존재, 즉 왕은 법을 초월하는 존재라는 법칙에 의존할 수 있습니다.

이렇게 회의에 참석한 모든 사람이 "군주는 아무리 재물이 많아도 부족하다"라고 한 크라수스의 말에 동의할 겁니다. 왕은 자신의 군대를 유지해야 하기 때문입니다. 백성을 포함하여 나라의 모든 것이 왕의 소유이기 때문에 왕은 아무리 많은 것을 원한다고 해도 부당하지 않으며, 선의로 베푸는 것 이외에 그 누구에게도 완전한 자신의 소유물이라는 것은 없다는 사실은 누구나 알고 있습니다. 백성이 부와 자유를 가지면 왕의 안위가 위태로워지기 때문에, 왕은 그들이 너무 많은 자유와 재산을 갖지 못하게 해야 합니다. 부유함과 자유는 사람들이 불의와 압제를 못 견디게 하는 반면, 빈곤과 억압은 사람들에게 인내심을 갖게 하고 사람들의 고결한 저항 정신을 억누르니까요.

이런 상황에서 제가 다시 자리에서 일어나 국왕이 이런 일 중 하나라도 실행한다면 지극히 불명예스럽고 현명하지 못한 데다가 본인에게도 해가 되리라고 주장한다면 어떻게 되겠습니까?

또 왕의 명예와 안위는 국왕 자신의 재산이 아닌 백성의 재산에서 나오기 때문이라고 말하면 어떻게 될까요? 백성은 국왕의 노고 덕분에 안락하고 안전한 삶을 영위하지만, 왕을 위해서가 아니라 자신들을 위해 왕을 선택한 겁니다. 제가 이렇게 말하는 이유는 양을 먹이는 일이 목자의 의무인 것처럼, 자신의 행복보다 백성의 안위를 더욱 소중히 여겨야 하는 것이 국왕의 의무라고 생각하기 때문입니다.

백성이 빈곤해야 평화가 유지된다는 것은 완전히 잘못된 생각입니다. 걸인들보다 더 많이 다투는 사람이 있을까요? 현재 상황에 극도로 불만을 품고 있는 사람보다 더 열렬히 변화를 원하는 사람이 있을까요? 그리고 잃을 것이 없다고 생각하는 사람만큼 필사적이고 대담하게 혼란을 조장하는 사람이 있을까요? 만약 한 나라의 군주가 백성을 증오하고 경멸하여, 강압적으로 학대와 약탈을 일삼고 그들을 가난하고 비참하게 만든다면 차라리 왕위를 다른 사람에게 넘기는 것이 훨씬 더 나을 겁니다. 그렇지 않으면 왕이라는 칭호는 지킬 수 있겠지만, 절대로 왕의 권위는 지킬 수 없게 되겠지요. 왕의 권위란 백성을 풍요롭고 행복하게 통치할 때 비로소 나오기 때문입니다.

이는 고결한 성품을 지닌 고대 로마 시대의 집정관 파브리키우스가 "나는 부자가 되기보다는 부자를 다스리는 것을 더 좋아한다"라고 한 말의 진정한 의미입니다. 왕은 부와 쾌락을 누리지만 주위에 있는 사람들이 신음하고 탄식한다면 그는 왕이 아니라 감옥을 지키는 간수에 불과합니다. 환자를 다른 질병에 걸리게 하지 않고는 병을 고칠 수 없는 무능한 의사와 다를 바 없습니다. 이와 마찬가지로 백성의 잘못을 바로잡는 것, 그리고 백성의 안위를 빼앗는 것 말고 다른 통치 방법을 모르는 왕은 자유로운 나라를 다스리는 법을 모르는 사람입니다.

그런 부류에 속한 왕은 자기 안에 있는 악덕을 없애야 합니다. 왕에 대한 백성들의 경멸과 증오는 그 악덕에서 비롯되기 때문입니다. 왕은 다른 이에게 해를 끼치지 않고 자신의 수입에 맞춰 소비해야 합니다. 범죄를 억제해야 하며, 범죄가 늘어났을 때는 가혹하게 처벌하기보다 현명하게 대처함으로써 범죄를 예방할 수 있도록 노력해야 합니다. 그리고 오래된 법을 갑자기 적용해서는 안 됩니다. 특히 오랫동안 잊힌 상태로 방치된 법의 집행은 더욱 신중해야 합니다. 그리고 재판관이 판단하기에 범죄 행위로 생긴 돈을 벌금으로 걷어 들이는 일은 절대 없어야 합니다. 그런 일이 일어난다면 판사는 교활하고 불의한 사람으로 여겨질 것입니다.

그러고 나서, 저는 유토피아에서 멀지 않은 곳에 있는 나라인 마카리아('마카리아Macaria'는 그리스어로 '행복한'이라는 의미의 '마카리오스makarios'에서 나온 말이다 - 역자)의 법 제도에 관해 설명합니다. 마카리아의 법에 따르면, 왕은 즉위하는 날 자신의 금고에 1,000파운드 이상의 금이나 그에 상당하는 은을 보유하지 않겠다고 엄숙히 맹세해야 합니다. 이 법은 왕의 부보다 나라의 부를 더 중시한 훌륭한 왕에 의해 제정되었으며, 이는 백성을 가난하게 만들 정도로 부가 많이 쌓이는 것을 방지하기 위함이라고 합니다. 그 왕은 1,000파운드로 내란을 진압하거나 외세의 침략에 맞서기에는 충분하지만, 다른 나라를 침략하려는 유혹을 느끼기에는 부족할 것으로 생각한 겁니다. 이것이 그 왕이 이 법을 만든 주된 이유입니다. 또한 백성들이 일상적인 상거래를 할 때 화폐가 부족하지 않게 하기 위함이었습니다. 그리고 왕의 재산에 정해진 한도가 있으면 백성을 쥐어짜서 부를 축적할 생각을 안 하게 될 것이니까요.

하지만 저와 정반대의 견해를 갖고 있는 사람들한테 이런 이야기를 하면 제 말을 듣기나 하리라고 생각하십니까?

모어 당연히 들으려고 하지 않겠죠. 그런데 전혀 들을 생각도 하지 않는 자들에게 그런 조언이나 제안을 왜 하려고 하시는지 모르겠습니다. 아무리 좋은 말도 다른 생각에 사로잡힌 사람들에게는 당연히 아무런 영향도 미치지 못하는 법이지요. 이런 철학적인 견해는 친구들 사이의 자유로운 대화에서는 꽤 흥미로워도 국가의 주요 정책이 결정되는 궁중의 각료 회의에서는 절대 용납되지 않을 겁니다.

라파엘 제가 바로 그 점을 말씀드리는 겁니다. 궁정에서는 그런 철학적인 견해가 설 자리가 없다는 것을요.

　　모어 맞는 말씀입니다. 현실적인 상황을 고려하지 않는 사변적인 철학이라면 분명히 그럴 겁니다. 그러나 배우가 자신의 배역에 맞춰 적절하게 연기하려고 노력해야 하는 것처럼, 우리는 사람들이 자신에게 주어진 역할을 제대로 수행할 수 있도록 유연하고 적절하게 적용할 수 있는 철학을 추구해야 합니다.

　　그렇지 않으면, 로마 시대의 극작가 플라우투스의 희극을 망치는 것과 다를 바 없습니다. 노예들이 철학자로 분장하고 무대 위에 나와 익살을 떨면서 말하는 대목에서 당신이 등장하여 세네카의《옥타비아》에 나오는 심각한 대사를 줄줄이 내뱉는다면 어떻게 되겠습니까? 비록 그 대사가 원작보다 더 철학적이라고 해도 연극과 관련 없는 대사를 암송할 바에는 차라리 아무 대사 없이 침묵을 지키는 편이 더 나을 겁니다. 아무리 좋은 대사라도 다른 연극의 대사와 섞이면 그 연극은 엉망이 되기 때문입니다. 선생께서도 이 연극을 성공적으로 끝낼 수 있도록 최선을 다해야 합니다. 연기를 하는 도중에 더 좋은 대사가 생각났다고 해서 그 대사를 읊을 수는 없는 겁니다.

　　왕이 국사를 논의하기 위해 주관하는 궁중 회의에서도 같은 원칙이 적용됩니다. 나쁜 견해를 뿌리 뽑을 수 없고 악덕을 원하는 대로 바로잡을 수 없다고 해서 민중을 포기할 수는 없습니다. 폭풍우가 거세다고 배를 버려서는 안 되는 것과 같은 이치입니다. 선생과 전혀 다른 생각과 신념을 가진 사람들에게 선생의 생각을 강요해도 소용없습니다. 아무런 영향을 미치지 못할 테니까요. 그 대신 간접적으로 영향을 미칠 방법을 강구하여 상황을 요령 있게 처리할 수 있도록 최선을 다해야겠지요. 최선책이 여의찮으면 차선책이라도 찾아야 합니다. 모든 사람이 선해지지 않는 한 이 세상 모든 것이 선해진다는 것은 불가능합니다. 그리고 저는 이른 시일 내에 모두가 선해질 것이라고 기대하지도 않습니다.

라파엘 하지만 그들의 광기를 바로잡으려다가 저마저도 그들과 같이 정신이 나가버릴 수 있습니다. 그리고 이미 말씀드렸듯이 저는 선생과 다른 방식으로 할 수밖에 없습니다.

철학자들이 거짓을 말하는 것이 옳든 그르든 관계없이, 저는 거짓말을 할 생각이 없습니다. 제 말이 그들에게는 거북하게 들릴지 모르지만 왜 저의 조언이 불합리하거나 터무니없어 보이는지 저로서는 도저히 이해하기 힘듭니다. 제가 만일 그들에게 플라톤의《국가》에 등장하는 이상 국가에서 행해지거나 현재 유토피아에서 행해지는 것들을 이야기한다면 어떻게 생각할까요? 실제로 그 국가의 제도가 우리의 제도보다 훨씬 나은데도 불구하고 생소하고 불합리해 보일 겁니다. 왜냐하면 그곳의 제도는 모든 것을 함께 소유하는 공유 재산에 기반을 두지만 여기서는 사유 재산이 원칙이기 때문입니다.

정반대 길로 아무 생각 없이 고개를 푹 숙이며 가고 있는 사람을 불러 세우고, 그 길은 잘못된 길이라고 말해봤자 그 말을 듣지 않을 것입니다. 사악한 삶으로 이어진 위험한 길을 가는 사람에게 도대체 어떤 말을 할 수 있을까요? 비웃음을 사게 될 것이 두려워 제대로 된 말을 하지 못하는 자들은 하나님의 가르침마저 무시해야 할 겁니다. 하나님께서는 '어두운 데서 이르는 것을 광명한 데서 말하라'고 말씀하셨는데도 말입니다. 그러나 그리스도의 가르침 대부분은 제가 제안하는 것보다 현재 사람들의 통상적인 관습과 더 많이 벗어났다고 할 수 있습니다.

그런데 설교자들은 모어 선생이 제게 조언한 그 기술을 배운 것 같습니다. 영특한 설교자들은 그리스도의 율법이 사람들의 삶을 변화시키지 않을 것이라는 점을 알고, 그분의 가르침을 마치 납으로 만든 자(납은 연성이 높아서 둥근 형체의 고대 건축물 건설에 자주 사용되었다 - 역자)인 양, 인간이 사는 방식에 맞춰 놓았습니다. 그로 인해 인간의 행동 방식에 그리스도의 말씀을 적용하기가 수월해졌다고 생각하겠지만, 이는 사람들을 그들의 사악함 속에서 더 편안하도록, 그리고 안전함을 느낄 수 있도록 만들어 주었을 뿐입니다.

왕의 궁정 회의에 참석해서 제가 할 수 있는 건 이것이 전부일 겁니다. 전혀 의견을 내놓지 않거나 반대되는 의견을 말하는 것 말이지요. 만약 같은 의견을 말하면 테렌티우스의 희곡에 등장하는 미티오(로마 시대 극작가 테렌티우스의 작품 《아델포이》에 등장하는 노예 ‒ 역자)처럼 그들의 광기를 인정하는 셈이 될 겁니다. 모어 선생께서는 그들에게 간접적으로 영향을 미칠 수 있는 방법을 찾아보고, 그 방법이 최선이 아니라면 적어도 최대한 나쁘지 않게 만들어야 한다고 말씀하셨지요. 저는 그 말의 뜻을 도저히 이해할 수 없습니다. 궁정 회의에서는 자신의 견해를 숨기거나 다른 사람의 견해를 반대하는 것은 불가능합니다. 부당한 정책이라도 공개적으로 지지해야 하고 최악의 결정에도 동의할 수밖에 없습니다. 어떤 경우에는 적극적으로 찬성 의사를 표하지 않으면 곧바로 염탐꾼으로 의심받거나 심지어 배신자 취급을 받을 수도 있습니다. 그렇게 하다 보면 개선은커녕 국익에 도움이 되는 일을 할 기회조차 얻지 못할 겁니다. 그들에게 넘어가서 타락하든가, 정직함과 순수성을 잃지 않는다면 기껏해야 동료의 부정과 광기를 가려주는 역할이나 하게 되는 거죠. 모어 선생께서 말씀하신 간접적인 방식으로는 절대 좋은 결과를 얻을 수 없습니다.

이런 이유에서 플라톤이 말한 대로 현자가 정치에 관여하는 것은 합리적이지 못합니다. 그는 비에 젖은 채 걸어가는 사람의 비유를 들면서, 비를 피해 집 안으로 들어가라고 그를 설득해도 소용없다고 말합니다. 밖에 나가서 설득해 봤자 자신도 비에 맞을 뿐 달라지는 것이 없으니 혼자 집 안에 머물면서 비를 피할 수밖에 없습니다. 그래서 다른 사람의 어리석음을 바로잡을 정도의 영향력이 없으면 자신을 보호하는 데 신경 쓰는 것이 더 낫습니다.

솔직히 말씀드리면 사유 재산제가 존재하고 돈이 모든 것이 척도인 나라를 공평하고 행복하게 통치하는 것은 불가능합니다. 가장 좋은 것이 가장 사악한 자들의 손에 있는 곳에서 정의란 존재할 수 없다는 것을 부정하기 어렵습니다. 소수가 모든 것을 차지하는 곳에서는 아무도 행복할 수 없습니다. 다수는 비참한 생활을 하고 소수도 자기 재산을 빼앗길까 봐 불안해할 수밖에 없기 때문입니다.

그래서 저는 마음속으로 유토피아의 지극히 현명하고도 지혜로운 제도들을 떠올려 볼 수밖에 없습니다. 최소한의 법으로 잘 통치되는 이 나라에서는 선행이 보상받고 모든 것이 공평하게 분배되기 때문에 모든 사람이 풍요롭게 살아갑니다. 유토피아의 훌륭한 법과 제도를 생각할 때, 법이 아무리 많아도 제대로 된 법에 의해 통치되는 나라를 찾아보기가 어렵습니다. 다른 나라들은 개인의 재산을 보호해 주지 못하거나 심지어 누구의 소유인지 명확하게 판정해 주지 못하기 때문에 분쟁이 끊이지 않지요. 이 분쟁을 해결하기 위해 계속해서 새로운 법이 만들어지는 악순환이 반복됩니다.

이런 점을 감안할 때, 저는 플라톤의 생각에 더욱 공감하게 되었고 모든 재화의 평등한 분배를 거부한 사람들에게 어떠한 법도 만들어 줄 필요가 없다는 그의 생각에 다시 한번 공감하게 됩니다. 최고의 현자인 플라톤은 모든 사람의 안녕을 위한 유일한 방법은 재화의 완전하고 공평한 분배라고 예견했습니다. 그러나 개인 소유의 재산이 인정되는 곳에서 그런 평등이 이루어질지에 대해서는 회의적이었습니다. 재화가 아무리 풍족해도 사람들이 오로지 자기만 사용하기 위해 최대한 많은 재화를 소유하려고 한다면, 소수의 사람 사이에서만 분배될 것이고 나머지 사람들은 빈곤 속에 살 수밖에 없게 될 겁니다. 그렇게 되면 사람들은 두 부류로 나뉘게 됩니다. 사악하고 탐욕스럽기만 하고 아무 도움이 되지 않는 사람들은 부를 얻지만, 대중에게 봉사할 줄 알고 근면하고 성실한 사람들은 가난을 면치 못할 겁니다.

사유 재산 제도가 완전히 사라지지 않는 한 재화는 공평하고 정의롭게 배분될 수 없으며, 사람들은 행복하게 살 수 없습니다. 그리고 대다수의 선량한 사람들이 가난과 근심으로 인한 압박감에서 헤어나지 못할 겁니다. 다른 방법을 통해 이 제도에 대한 부담을 다소 줄일 수는 있겠지만 근심이 완전히 사라지지는 않을 테지요. 물론 일정 한도 이상의 토지를 소유할 수 없다든가 일정 액수 이상의 재산을 소유할 수 없다는 금지 조항을 만들수는 있습니다. 국왕의 힘이 지나치게 커지는 것을 견제하거나 개인이 너무 오만불손하게 행동하는 것을 방지하는 법을 제정할 수도 있습니다. 또 매관매직을 불법으로 간주하여 엄청난 벌금을 부과하는 것도 가능합니다. 그렇지 않으면 부자들이 돈을 써서 현명한 사람들이 있어야 할 공직을 차지하고 나서, 협박과 속임수와 같은 부정한 수단을 이용하여 자신이 쓴 돈을 되찾으려고 할 테니까요.

저는 이런 종류의 법들을 통해 회복이 절실한 환자에게 좋은 식사와 보살핌을 주는 것과 같은 효과는 볼 수 있을 것으로 생각합니다. 하지만 질병을 완화할 수는 있어도 완벽하게 치료할 수는 없습니다. 사유 재산 제도가 존재하는 한, 사회가 악을 치유하고 완전히 건강을 회복하기를 바랄 수는 없습니다. 한 부위를 치료하기 위해 약을 바르면 다른 부위가 악화하고, 한 곳에 아픈 증상을 없애면 다른 곳에 아픈 증상이 생기고, 신체의 한 부분을 강화하면 나머지 부분이 약해지는 일이 벌어질 겁니다.

모어 저는 그렇게 생각하지 않습니다. 모든 것을 공유하는 곳에서는 누구도 풍족하게 살 수 없습니다. 아무도 열심히 일하지 않으려고 하기 때문에 궁핍한 생활을 면하기가 힘들 겁니다. 이익을 얻는다는 희망이 없으면 일을 할 의욕이 사라지고 남에게 의존하려고만 하면서 나태해질 겁니다. 자신에게 없는 것을 얻기 위해 노력한 끝에 자기 소유로 만든 것을 법적으로 보호받지 못하게 된다면 어떻게 되겠습니까? 특히 행정관에 대한 존경이나 권위가 사라지기 때문에 계속해서 폭동과 혼란이 뒤따르지 않을까요? 모든 면에서 동등한 사람들 사이에서 어떻게 행정관의 권위가 설 수 있을지 저로서는 상상할 수 없습니다.

라파엘 예, 그렇게 생각하실 수도 있습니다. 선생께서는 그런 사회에 대해 생각해 보지 않으셨거나 잘 모르실 테니까요. 하지만 저처럼 유토피아에 머물면서 그들의 사회 제도와 관습을 보셨다면 제 말을 인정하셨을 겁니다. 저는 그 나라에서 5년 동안 살았는데, 그곳을 떠난 이유는 그 신세계를 세상 사람들에게 알리기 위함이었습니다. 그렇지 않았다면 계속 그곳에 있었을 겁니다. 단언컨대, 선생이 직접 보셨다면 유토피아처럼 잘 조직되고 통치되는 나라는 없다고 말하셨을 겁니다.

페터 새로운 세계의 어떤 국가가 제가 알고 있는 어느 국가보다 더 잘 통치되고 있다니 믿기 어렵군요. 제가 알기로, 우리의 사고 능력이 그 나라 사람들보다 못하지 않을 뿐만 아니라 우리나라의 역사가 그 나라보다 짧지 않습니다. 그리고 우리는 오랜 세월 동안 삶을 편리하게 해 주는 많은 것을 발명했습니다. 물론 그중에는 운 좋게 우연히 발견한 것도 있지만요.

라파엘 한 국가의 문명이 얼마나 오래되었는지는 그 나라의 역사에 대한 기록을 읽어보면 제대로 판단할 수 있겠지요. 이 새로운 나라의 기록을 그대로 믿는다면, 우리가 사는 땅에 사람이 살기도 전에 그곳에는 이미 도시가 존재했다고 말할 수 있습니다. 우리와 마찬가지로 그곳 사람들이 독창적으로 만들어 내거나 운 좋게 발견한 것들이 있을 것입니다. 독창적인 측면에서 우리가 그들보다 못하지 않다는 점은 부정하지 않지만, 근면함과 실용성 면에서는 그들이 우리를 훨씬 능가한다고 생각합니다.

우리가 그 나라에 도착하기 전에 그곳 사람들은 우리에 대해 아는 것이 거의 없었다고 합니다. 그래서 우리를 통상적으로 '적도 너머에서 온 사람들'이라고 불렀습니다. 그들의 역사서에 의하면 1,200년 전에 난파된 배에서 살아남은 로마인과 이집트인 몇 명이 해안에서 발견되었는데, 그들은 그 섬에서 여생을 보냈다고 합니다. 그리고 그곳 사람들은 이 단 한 번의 기회를 살려, 불시에 찾아온 이 '손님'들에게서 많은 것을 배웠다고 합니다. 로마인들부터는 로마의 유용하고 실용적인 기술을 배워 그 지식을 응용하여 더 많은 새로운 기술을 습득했습니다. 그들은 해안에서 벌어진 한 번의 사고를 자기들에게 도움이 되는 방향으로 잘 활용한 겁니다.

그러나 만약 같은 상황이 유럽에서 벌어졌다면, 우리는 그 유토피아 사람이 알려준 기술을 유용하게 사용할 생각을 못 했을 겁니다. 그리고 이곳에 온 사람이 누구인지 금방 잊어버리게 되겠죠. 그들은 단 한 번의 우연한 사건을 통해 우리 세계의 뛰어난 발명품의 주인이 되었지만, 우리가 그들의 좋은 제도를 배우거나 실행하기까지는 오랜 시간이 걸릴 테지요. 그들이 우리보다 더 좋은 지식과 자원을 가지고 있지 않을지라도, 이것이야말로 그들이 우리보다 훨씬 더 좋은 통치하에 행복하게 사는 진정한 이유입니다.

　　모어 부탁드리건대, 그 섬에 대해 좀 더 자세히 말씀해 주시기 바랍니다. 간략하게 언급하고 끝내려 하지 말고 그 나라의 영토와 하천, 도시들과 사람들, 그리고 그들의 생활 방식과 제도에 대해 알고 있는 것을 가능한 한 상세하게 말씀해 주십시오. 그러니까 우리가 알고 싶어 하고 지금까지도 모른다고 생각하시는 것들을 말씀해 주시면 됩니다.

　　라파엘 예, 기꺼이 그렇게 하겠습니다. 그 나라에 대한 기억이 아직 생생하게 남아 있습니다. 다만, 정리를 하려면 생각할 시간이 필요할 듯합니다.

　　모어 그럼 먼저 식사부터 하고 충분한 시간을 갖도록 하시죠.

　　내가 이렇게 말하자 라파엘도 동의했다. 이렇게 우리는 식사를 마치고 돌아와서 같은 자리에 앉았다. 나는 하인들에게 우리를 방해하지 말라고 지시했다. 페터와 나는 라파엘이 좀 전에 말한 대로 그 섬에 관해 이야기해 주기를 바랐다. 그는 우리가 이야기를 간절히 듣고 싶어 하는 것을 알고 잠시 생각을 정리한 후 이야기를 시작했다.

2부

유토피아 섬

　유토피아라는 섬은 중앙 지역이 가장 넓고, 너비는 대략 320킬로미터입니다. 섬 대부분의 폭은 거의 같지만 양쪽 끝으로 갈수록 좁아집니다. 초승달 모양을 하고 있다고 보시면 됩니다. 뾰족한 모양의 양쪽 끝의 폭은 27킬로미터 정도며 섬의 총 둘레는 약 800킬로미터입니다. 움푹 파인 지역에 바닷물이 들어와 큰 만이 형성되어 있지만 해류가 없기에 고요하고 잔잔합니다. 마치 해안 전체가 하나의 항구와 같아서 그 나라 사람들은 안전하고 편리하게 드나들 수 있습니다.

하지만 항만 입구에는 커다란 암초들이 널려져 있습니다. 해안 안쪽에는 큰 바위가 솟아 있는데, 물 깊이가 얕아 위험해 보일 수 있지만 쉽게 눈에 띄어 큰 문제는 되지 않습니다. 유토피아 사람들이 세운 망루 위에 경비대가 배치되어 배들을 안전하게 인도하기 때문입니다. 그러나 물밑에 있는 다른 암초들은 눈에 잘 보이지 않아 매우 위험합니다. 항만으로 들어오는 수로는 유토피아 사람들만 알고 있어서 만약 외부에서 온 배가 안내인 없이 만으로 들어가려고 한다면 난파될 위험이 매우 큽니다.

현지인조차도 해안으로 들어올 때 표식이 없으면 안전을 보장하지 못합니다. 그래서 표식을 약간만 바꾸면 아무리 많은 적군의 함대가 쳐들어와도 암초 지대로 유인하여 손쉽게 격퇴할 수 있습니다. 물론 섬의 반대편에도 많은 항구가 있는데, 이 항구들 역시 천연으로나 인공적으로나 잘 요새화되어 있기 때문에 적은 인원만으로도 많은 수의 적군을 물리칠 수 있습니다.

유토피아는 원래는 섬이 아니라 대륙의 일부였다고 합니다. 실제로 이를 뒷받침할 만한 많은 흔적이 남아 있습니다. 이 땅은 예전에는 아브락사Abraxa라고 불렸는데, 유토푸스Utopus라는 인물이 이곳을 정복한 후 그의 이름을 따라 유토피아로 불리게 되었습니다. 유토푸스는 그곳에 살던 야만인들을 세상에서 가장 문명화된 사람들로 개화시켰다고 합니다.

유토피아를 정복한 유토푸스는 곧바로 대륙과 연결된 지점에

24킬로미터 길이에 달하는 지협을 파게 해서 유토피아를 대륙과 분리했습니다. 이를 위해 수로를 파라고 명령했는데, 주민들이 자신들을 노예처럼 취급한다고 생각하지 않도록 병사들도 함께 일하도록 했습니다. 수많은 병사를 동원한 결과, 엄청나게 빠른 속도로 공사를 마무리할 수 있었습니다. 처음에 어리석은 짓이라고 비웃던 본토 사람들은 공사가 완성되는 것을 보고 감탄했을 뿐 아니라 경외심까지 갖게 되었다고 합니다.

섬에는 54개의 도시가 있는데, 규모가 큰 대도시지만 사회 체계가 잘 갖추어져 있습니다. 시민들은 같은 언어를 사용하고 법률, 제도, 관습 또한 거의 같습니다. 도시들은 같은 계획하에 건설되었기 때문에 지형이 다르지 않은 한 거의 같은 모습입니다. 도시 간 최단 거리는 38킬로미터 정도이며, 걸어가면 하루가 채 걸리지 않습니다. 각 도시는 일 년에 한 번씩 아모로트에서 열리는 최고의회에 최고 의원 3명을 보내어 공통 관심사에 대해 논의합니다. 아모로트는 이 나라의 중심 도시로 섬의 중앙에 자리 잡고 있습니다. 그렇기 때문에 어느 도시에서도 어렵지 않게 도달할 수 있지요.

각 도시의 관할 지역은 대부분 최소 사방 32킬로미터에 달합니다. 도시가 넓다는 것은 그만큼 경작할 토지가 많다는 것을 의미합니다. 시민들은 토지를 개인의 소유지가 아닌 단순한 경작지로 생각하기 때문에 어떤 도시도 경작지를 넓히려 하지 않습니다. 각 도시의 외곽에는 농사에 필요한 농기구가 잘 갖추어진 농가들이 있습니다. 시민들은 교대로 이 농가에서 생활합니다. 농가 전체에는 40명 이상의 남성과 여성이 거주하며 2명의 노예가 배정됩니다. 각 가정에는 주인과 여주인이 있으며, 농가 30개 단위로 지역담당관이라 불리는 행정관이 배치되어 있습니다. 매년 이들 중 20명은 시골에서 2년을 지낸 후 도시로 돌아가고, 새로운 20명이 농가로 들어옵니다. 새로 온 사람들은 이미 시골에서 1년을 지낸 사람들로부터 농사일을 배웁니다. 마찬가지로, 이들은 다음 해에 오는 사람들을 가르치게 됩니다. 이와 같은 제도는 농사일에 서툰 사람이 왔을 때 식량이 부족해지는 좋지 못한 상황을 방지해 줍니다.

일반적으로 농가에 머무르는 기간은 2년이며, 이곳에서 더 오래 일하도록 강요받지 않습니다. 하지만 원하는 사람은 더 오래 머무르는 것이 가능합니다. 이들은 땅을 경작하고 가축을 기르는 것 외에, 벌목한 나무를 육로나 수로를 통해 도시로 운반하는 일도 합니다. 이들은 아주 특별한 방법으로 엄청나게 많은 닭을 사육합니다. 암탉이 알을 품어 부화시키지 않고 일정한 온도가 유지된 곳에서 수많은 알을 부화시킵니다. 그래서 알을 깨고 나온 병아리들은 사육사를 어미로 알고 따른다고 합니다.

유토피아의 말은 힘이 넘치고 거친 편입니다. 그러나 말을 거의 사육하지 않는데, 승마 연습할 때만 말을 사용하기 때문이지요. 쟁기질할 때나 마차를 끌 때는 소를 이용합니다. 소는 말처럼 빨리 달리지 못하지만, 오래 버티는 힘이 좋고 질병에 잘 걸리지 않는다는 장점이 있습니다. 또 사료를 적게 먹어서 적은 비용으로 기를 수 있으며, 수명이 다해 더 이상 일을 하지 못하면 좋은 식량이 됩니다.

곡식은 빵을 만들 목적으로 재배합니다. 음료로는 포도나 사과, 배로 만든 술을 좋아하며, 보통 물을 그냥 마시기도 하나 주변에 풍부한 꿀이나 감초를 섞어 마시기도 합니다. 각 도시의 관청은 해당 도시의 연간 식량 소비량을 정확하게 산출하기 때문에 얼마나 많은 식량이 필요한지 파악하고 있습니다. 하지만 그들은 소비에 필요한 양보다 더 많은 곡식을 심고 더 많은 가축을 기르기 때문에 이웃 지역에 나누어 줄 수 있을 정도로 식량에 여유가 있습니다.

농촌에서 구하지 못하는 물품은 도시에서 가져오며 비용은 지불하지 않습니다. 농사짓던 사람들은 매월 한 번씩 열리는 축제에 참석하기 위해 도시에 가는데, 이때 부족한 물품을 가져옵니다. 행정관은 물건이 제대로 전달되는지 확인합니다. 그리고 수확 시기가 되면 각 농촌의 행정관이 수확에 필요한 일손이 몇 명인지 도시에 통보합니다. 필요한 일손은 대체로 보통 하루 만에 도착합니다.

유토피아의 도시 (아모로트)

도시들은 대부분 지형적인 조건이 거의 같아서 54개 도시 중 하나의 도시만 설명해 드려도 다른 도시들의 상황을 짐작하실 수 있을 겁니다. 그중에서 앞에서 말씀드린 아모로트에 관해 이야기하고자 합니다. 매년 최고의회가 열리는 것만 보아도 이 도시가 좀 더 특별하다고 할 수 있습니다. 또 제가 아모로트에 5년간 거주했기 때문에 그 도시에 대해 아주 잘 알고 있습니다.

아모로트는 경사가 완만한 언덕 중턱에 자리 잡고 있습니다. 도시 형태는 거의 정사각형에 가깝습니다. 산꼭대기 한쪽에서 3킬로미터 정도 내려가면 아니더강이 나오며, 그 강을 따라 넓은 지대까지 도시가 펼쳐져 있습니다. 이 강의 발원지는 도시 위쪽으로 130킬로미터 정도 떨어진 곳에 있는 작은 샘물인데, 몇 개의 지류가 합류하여 이 강에 이릅니다. 그중 2개의 지류는 매우 큰 하천이기 때문에 아모로트에 이르게 될 즈음에는 폭이 800미터에 달하는 큰 강이 됩니다. 강물은 90킬로미터 넘게 흘러 내려가 마침내 드넓은 바다에 도달합니다.

도시에서 바다 방향으로 몇 킬로미터 떨어져 있지 않은 곳에 강한 조류가 일어나는데, 6시간마다 밀물과 썰물이 교차합니다. 밀물 때는 바닷물이 내륙의 48킬로미터 지점까지 밀려와 강바닥을 가득 채우고 강물을 밀어냅니다. 이때 강물은 상류까지 염분이 강합니다. 하지만 시간이 지나면 소금기가 점점 옅어져서, 도시를 지나 강 하구에 이르렀을 때는 깨끗하고 맑은 담수가 됩니다. 썰물 때 강물이 바닷물을 밀어내기 때문이죠.

　강 위에는 아치형 구조물로 장식된 다리가 하나 놓여 있는데, 나무가 아닌 단단한 석재로 지어졌습니다. 이 다리는 도시와 건너편 강둑을 연결합니다. 바다에서 먼 내륙의 안쪽에 있기 때문에 배가 드나들거나 정박할 때 전혀 방해가 되지 않습니다. 이 도시에는 조용하고 평화롭게 흐르는 또 다른 강이 있습니다. 그리 크지는 않지만 도시가 위치한 언덕에서 시작해서 잔잔하게 흘러 내려와 아니더강과 합류합니다. 이 강의 발원지는 도시 밖에 있으나 발원지 주변을 요새화해서 적군이 수로를 끊거나 돌리지 못하고 물에 독약을 넣을 수 없습니다. 시민들이 벽돌로 수로관을 만들어 물을 도시의 낮은 지역으로 흐르도록 해 놓았기 때문입니다. 그리고 물이 운반되지 않는 지역에는 천연 저수지가 있어서 그곳에 빗물을 저장했다가 나중에 물을 공급합니다.

　도시는 높고 두터운 성벽으로 둘러싸여 있으며 그 위에는 망루와 요새가 줄지어 있습니다. 성벽 주위의 한쪽 면에는 해자 역할을 하는 넓고 깊은 마른 도랑이 있고 위에 가시덤불이 빽빽하게 놓여 있습니다. 반대쪽에는 강물이 해자 역할을 합니다. 그리고 도시의 거리는 마차가 다니기에 매우 편리하고, 바람을 효과적으로 막아줄 수 있도록 조성되어 있습니다. 멋진 건물들이 균일한 형태로 줄지어 있어서 한 구역 전체가 하나의 커다란 집처럼 보입니다.

　마주 보는 집 사이의 길로 마차가 다니는데, 길의 폭은 6미터 정도입니다. 집 뒤편에는 커다란 정원이 조성되어 있으며 다른 집의 정원과 마주합니다. 정원의 다른 쪽은 건물에 에워싸여 있습니다. 집마다 거리로 나갈 수 있는 문과 정원으로 통하는 뒷문이 있습니다. 문들은 손으로 밀면 쉽게 열리고 자동으로 다시 닫히게 되어 있습니다. 주민들은 누구나 어느 집이든 자유롭게 드나들 수 있는데, 여기서는 개인 재산이 없기 때문에 전혀 문제가 되지 않습니다. 집은 추첨을 통해 배정되며 10년마다 한 번씩 교체됩니다.

　주민들은 정원을 가꾸는 것을 무척 좋아합니다. 정원에서 포도나무, 과실, 허브, 꽃을 쉽게 볼 수 있는데, 저는 이처럼 풍성하고 아름다운 정원을 본 적이 없습니다. 정원 가꾸기를 즐겨서인지 구역별로 경쟁을 벌이기도 하는데, 이를 보고 있으면 시민들이 모두 열정적인 정원사라 불릴 만합니다. 유토피아의 어떤 도시에서든 주민들에게 즐거움과 이익을 주는 데 '정원 가꾸기'만큼 효과가 있는 것은 없을 겁니다.

　저는 아모로트를 건설한 사람도 정원을 조성하는 것에 특별한 관심을 기울였다고 생각합니다. 유토푸스는 이 도시의 설계를 기획했지만 혼자서 완성하기는 힘들다고 생각했기 때문에 도시를 아름답게 가꾸는 일은 후손들에게 맡겼습니다. 이 섬을 정복한 이후 1,760년이라는 오랜 기간 동안 쓰인 역사 기록에 따르면, 정복 초기의 집들은 주변에서 쉽게 구할 수 있는 목재로 지어진 작은 오두막에 불과했다고 합니다. 집 벽은 진흙으로 발랐고 지붕은 짚을 엮어 덮은 형태였다고 합니다. 그러나 지금 집들은 대부분 3층짜리 건물입니다. 외벽은 자연석과 자갈 등의 석재와 함께 회반죽 처리되었습니다. 지붕을 평평하게 한 뒤 그 위에 석고를 깔았는데, 석고는 비싸지 않지만 불에 잘 견디고 함석보다 악천후에 더 강합니다. 유토피아에는 유리가 흔하기 때문에 창은 주로 유리를 사용합니다. 얇은 리넨 천에 기름이나 나무 진액을 발라 창으로 사용하기도 하는데, 이는 빛을 잘 투과하게 하면서 바람은 잘 막아줍니다.

유토피아의 행정관

도시는 30가구 단위로 관리됩니다. 매년 한 명의 행정관을 선출하는데, 고대에는 시포그란트Syphogrant라 불렸고 현재는 지역담당관이라고 불립니다. 지역담당관은 10명 단위로 고대의 트라니보어Tranibore 격인 책임행정관의 관리를 받습니다.

도시마다 200명 정도의 지역담당관이 있으며, 이들이 시장을 선출합니다. 가장 적합하다고 생각하는 사람을 선출하겠노라 엄숙히 서약한 후 투표에 참여합니다. 투표는 비밀리에 진행되기 때문에 누가 누구에게 찬성표를 던졌는지 아무도 알지 못합니다. 도시를 4구역으로 나눈 뒤, 각 구역에서 추천한 4명의 시장 후보를 선발하고 그 명단을 책임행정관 회의에 통보합니다. 시장이 독재하고 시민을 노예처럼 부리지 않는 한, 평생 시장직을 수행할 수도 있습니다.

책임행정관은 매년 선출되지만 대부분 연임하며, 지역담당관은 1년마다 교체됩니다. 책임행정관은 정기적으로 사흘에 한 번씩 시장을 만나지만 상황에 따라 더 자주 만나기도 합니다. 그렇게 만난 책임행정관과 시장은 도시의 전반적인 문제를 두고 논의합니다. 그들이 회의할 때는 항상 2명의 지역담당관이 동석하는데, 매번 다른 사람이어야 합니다. 그리고 일반 시민에게 영향을 미치는 사안에 대해서는 3일 동안 토론을 거친 후 결론을 내려야 한다는 시 정부의 원칙이 있습니다. 만약 이런 사안을 평의회나 시민이 모인 집회가 아닌 곳에서 논의하면 사형에 처할 수 있는 중죄를 범한 것으로 간주합니다. 이는 시장과 책임행정관이 작당해서 마음대로 행정 체계를 바꾸지 못하게 하기 위함입니다.

다른 중요한 사안들도 지역담당관 총회에 부쳐지는데, 지역담당관은 자신이 담당하는 지역의 시민들에게 사안을 설명하고 토의를 거친 후 수렴된 의견을 책임행정관에게 전달합니다. 또 일부 중대한 사안은 유토피아 전체 평의회에 부치기도 합니다.

평의회에서 지켜야 하는 한 가지 원칙은 안건이 상정된 당일에는 절대로 논의하지 않는다는 것입니다. 모든 안건에 대한 논의는 다음 회의가 열릴 때까지 미뤄집니다. 이는 갑작스럽게 의견을 제시하기보다는 처음부터 신중하게 생각한 후 의견을 피력하도록 하기 위함입니다. 모두 성급하게 자신의 의견을 제시하게 되면, 담론의 열기에 빠진 일부 사람들이 지역사회를 위한 최선의 결정을 하기보다 즉흥적으로, 생각나는 대로 말하면서 자신의 의견을 정당화하는 데에만 온 힘을 기울이기 때문입니다. 그런 사람들은 자기 생각이 잘못되었어도 사실을 인정하는 것을 수치스럽게 생각하며, 공공의 이익은 안중에도 없고 자신의 명예만 지키려는 경향이 있습니다.

유토피아 사람들의 일과 생활 방식

유토피아에서 농사는 누구나 해야 하는 일로 여겨지기 때문에 남자든 여자든 농업 기술에 무지한 사람은 없습니다. 학생들은 학교에서 배우거나 실습을 통해 농업에 대한 교육을 받습니다. 자주 들판으로 나가 농사일을 하는 것을 보고 배울 뿐만 아니라 운동 삼아 직접 농사에 참여하기도 합니다. 유토피아 사람들은 농사 이외에, 개인별로 양모나 아마 직조, 석공, 철공, 또는 목공과 같은 특별한 기술도 배울 수 있습니다. 그들은 이 일을 아주 소중하게 생각합니다. 그러나 그런 기술은 상당한 노력을 기울여야 터득할 수 있지요.

이 섬에서는 성별 구분이나 결혼 여부를 제외하고는 누구나 같은 종류의 옷을 입습니다. 옷의 디자인 또한 변하지 않습니다. 그들의 옷은 불쾌감을 주거나 불편하지 않으며, 여름철이나 겨울철 등 계절과 관계없이 입을 수 있습니다. 무엇보다 대단한 점은 그들이 가정에서 직접 옷을 만들어 입는다는 겁니다.

앞에서 언급한 것처럼 여성과 남성 모두 농사 이외에 다른 기술을 배우는데, 특별히 업종이 정해져 있지는 않습니다. 하지만 보편적으로 여자들은 육체적으로 힘이 덜 드는 양모나 아마 직조와 같은 일을 주로 하고 남자들은 좀 더 힘든 일을 합니다. 아버지가 하는 일은 아들에게로 대물림되는 경우가 많습니다. 이는 타고난 성향이 유전되기 때문이라고 할 수 있겠지요. 하지만 자녀가 어떤 일에 재능을 보이면 그 일에 종사하는 가정에 입양시켜 자신에게 맞는 일을 하도록 합니다. 이 경우, 아이의 아버지뿐만 아니라 지역담당관은 입양 보내는 집안의 가장이 근면하고 좋은 사람인지 신중하게 검증합니다. 한 가지 기술을 제대로 익힌 후에는 다른 기술을 배우는 것이 허용됩니다. 두 가지 기술을 모두 습득하고 나면 사회에서 특별히 요구하지 않는 한, 보통 자기가 더 좋아하는 일을 할 수 있습니다.

지역담당관의 가장 중요한 업무이자 사실상 유일한 업무는 사람들이 게으름을 피우지 않고 제 일에 몰두할 수 있도록 감독하는 것입니다. 그렇다고 해서 사람들을 마치 수레에 매단 말처럼 아침부터 밤까지 쉴 새 없이 일을 시키는 것은 아닙니다. 그렇다면 노예와 다를 바가 없겠죠. 하지만 유토피아를 제외한 다른 나라의 노동자들은 바로 그런 생활을 합니다. 유토피아 사람들은 하루를 24시간으로 나누고, 오전과 오후로 구분해서 6시간 동안만 일합니다. 오전에 3시간 일하고 점심 식사를 한 후, 휴식을 취하다가 오후에 3시간 동안 일합니다. 그리고 저녁 8시에 잠자리에 들어 8시간 동안 잠을 잡니다.

일하고 먹고 자는 시간 외에 나머지 시간은 자기가 원하는 것을 하며 자유롭게 보낼 수 있습니다. 이때도 사람들은 시간을 낭비하거나 게으름을 피우는 법이 없으며, 육체적인 활동을 하는 경우도 있지만 주로 교양을 쌓는 데 시간을 보냅니다. 매일 아침 동이 트기 전에 공개 강연이 시작되는데, 학술 분야에 종사하는 사람은 의무적으로 참석해야 하나, 일반인도 남녀 구분 없이 원하는 강연을 들을 수 있습니다. 물론 지적 활동이 자기에게 맞지 않다고 생각하는 사람은 그 시간에 자신의 본업에 임할 수도 있습니다. 이때 그들은 사회를 위해 봉사하는 것이기 때문에 사람들로부터 칭송받습니다.

저녁 식사 후에는 한 시간 정도 여흥의 시간을 갖습니다. 보통 여름에는 정원에서, 겨울에는 공동 식당에서 악기를 연주하거나 담소를 즐깁니다. 그들은 주사위 게임과 같은 어리석고 유해한 노름은 잘 알지 못합니다. 그 대신 체스와 유사한 두 가지 게임을 합니다. 하나는 여러 개의 숫자를 사용하는 게임으로, 특정한 숫자가 다른 숫자를 잡으면 이깁니다. 다른 하나는 좋은 편과 나쁜 편을 나누어 싸우는 게임입니다. 이것은 나쁜 편이 자기들끼리 서로 어떻게 싸우는지, 그리고 이들이 어떤 속임수를 써서 상대와 싸우는지를 잘 보여줍니다. 어떤 악이 어떤 선과 대립하는지, 악이 공격할 때 얼마나 많은 힘을 끌어내는지, 그리고 간접적으로 공격할 때는 어떤 전술을 사용하는지도 알 수 있습니다. 또 선이 악을 물리치려면 어떤 방법이 최선인지, 궁극적으로 어떤 수단을 쓰면 상대를 제압할 수 있는지도 보여줍니다.

여기서 유토피아 사람들의 노동 시간에 대해 의문을 가질 수 있습니다. 6시간밖에 일하지 않으면 생필품을 만드는 시간이 부족하다고 생각할 수도 있겠지요. 하지만 절대 그렇지 않습니다. 6시간만 일해도 사람들에게 필요한 물품을 만들기에는 충분하며, 실제로 필요한 것보다 더 많이 생산합니다. 다른 나라에서 얼마나 많은 사람이 일을 하지 못하고 있는지를 생각해 보면 쉽게 이해하실 수 있을 겁니다. 우선, 인구의 절반을 차지하는 여성이 거의 일을 하지 못합니다. 여자들이 일하는 나라도 있지만 그런 나라에서는 남자들이 빈둥거리며 일을 하지 않습니다. 다음으로 사제라고 불리는 성직자 계층도 빼놓을 수 없습니다. 여기에다 돈이 많은 부자들도 있지요. 귀족이나 신사라고 불리는 지주들은 물론, 그들 집에서 일하는 시종과 하수인도 일하지 않습니다. 마지막으로 건강한데도 마치 병이 든 환자처럼 돌아다니며 구걸하며 사는 자들이 있습니다. 이런 사람들을 생각해 보면, 우리에게 필요한 물품을 만드는 사람들이 너무나 적다는 사실에 많이 놀라실 겁니다.

그나마 많지 않은 노동 인구 중에서도 사람들에게 필요한 물건을 만드는 인력은 얼마나 될까요? 오직 돈만이 가치의 기준이 되는 곳에서 노동력은 흔히 헛되고 사치와 유흥에 필요한 물품을 만드는 데 투입될 수밖에 없습니다. 그렇다고 해서 모든 노동력을 생필품을 만드는 데에만 집중시킬 수도 없는 노릇입니다. 과잉 생산으로 인해 가격이 폭락하여 노동자들이 생활비도 벌지 못하는 상황에 이르게 될 테니까요.

사실 생필품과 관계없는 직종에서 일하는 사람들과 게을러서 일을 하지 않는 사람들은 다른 사람이 만든 물건을 두 배나 많이 소비합니다. 그러면 일 안 하는 사람들을 전부 모아서 사람들에게 필요한 물품을 만드는 데 투입하면 어떨까요? 그들이 하루에 단 몇 시간만 일해도 우리의 생활을 편하게 해 줄 생활필수품을 훨씬 더 많이 만들 수 있을 겁니다. 그러면 모두가 진정으로 자연스러운 노동의 즐거움을 찾을 수 있을 테지요.

유토피아의 상황이 이를 확실히 입증해 줍니다. 그 섬의 도시와 주변 농촌에 거주하는 건강하고 젊은 남녀 중 노동에 종사하지 않는 사람은 500명 정도에 불과합니다. 그중 지역담당관은 법적으로 노동에서 면제받습니다. 하지만 사람들에게 모범을 보이기 위해 자발적으로 노동에 참여하기도 하지요. 학문 연구에만 전념하는 학자들 또한 노동하지 않아도 됩니다. 이 특권은 사제들과 지역담당관의 비밀 투표에 의해 허용된 자들에게만 주어집니다. 그러나 성과가 처음에 기대했던 것에 미치지 못하면 그들은 다시 노동 현장으로 돌아가야 하며, 이와 반대로 여가 시간을 활용하여 학문에 상당한 진전을 보인 사람은 노동에서 해방되어 학자 계급으로 이동할 수 있습니다. 이 학자 계급의 사람들은 외교관, 사제, 책임행정관뿐만 아니라, 예전에는 바르제네스 Barzenes라고 불린 아데무스Ademus라는 군주도 선발합니다. 이들을 제외한 시민 중에 게으름을 피우며 일을 하지 않거나 쓸모없는 일을 하는 사람은 거의 없으므로 그들은 짧은 시간 안에 많은 생필품을 만들 수 있는 겁니다.

지금 말씀드린 것 외에 다른 필수적인 것들 또한 적은 노동력으로도 매우 효율적으로 관리됩니다. 그런데 다른 나라의 상황은 그렇지 않습니다. 예컨대 집을 상속받은 아들이 집을 제대로 관리하지 않아서, 적은 비용으로 유지할 수 있는데도 훨씬 더 큰 비용을 들여 새집을 짓는 경우가 많습니다. 또 누군가가 막대한 비용을 들여 건물을 지어도 나중에 그 건물을 소유하게 된 사람이 자기 취향에 맞지 않는다는 이유로 방치하거나 많은 돈을 들여 새로 건물을 짓는 경우도 흔합니다. 그러나 유토피아에서는 모든 것이 국가 차원에서 잘 관리되기 때문에 사람들이 땅에 새로운 건물을 짓는 일이 거의 없습니다. 그리고 낡은 건물을 아주 신속하게 수리할 뿐 아니라, 사전에 보수 공사를 하기 때문에 아주 적은 노동력으로도 오래 보존할 수 있습니다. 그래서 건물 공사 종사자들에게 일이 없는 경우도 발생하는데, 이때 그들은 나중에 건물을 세우는 상황을 대비해 건축에 쓰일 목재를 미리 마련해 두거나 석재를 다듬어 놓습니다.

이번에는 유토피아 사람들이 옷을 만드는 데 노동력을 얼마나 효율적으로 사용하는지 말씀드리겠습니다. 그들이 일할 때 입는 작업복은 가죽 재질로 만들어졌으며 보통 7년 넘게 입습니다. 외출할 때는 작업복 위에 같은 색깔의 천연 모직 재질의 겉옷을 걸칩니다. 이들은 다른 나라보다 모직 천을 덜 소비하기 때문에 외출복 가격이 매우 저렴합니다. 그렇지만 적은 노동력으로 생산이 가능한 아마섬유를 주로 사용합니다. 아마실의 굵기는 크게 중요시하지 않으며, 깨끗해 보이는 순백색의 색상을 선호합니다.

다른 나라 사람들은 색깔이 다른 네다섯 벌의 모직 상의와 비단 조끼를 갖고 있어도 부족하다고 생각하고, 심지어 열 벌이 있어도 만족하지 못하는 사람도 있습니다. 하지만 유토피아 사람들은 대부분 한 벌로 만족하고 보통 2년씩 입습니다. 왜 그들은 여러 종류의 옷을 원하지 않을까요? 옷이 아무리 많아도 더 따뜻한 것도 아니고 더 멋있어 보이지도 않기 때문입니다.

유토피아 사람들은 가치 있는 일에 종사하면서 작은 것에 만족합니다. 모든 것이 풍요로우므로 도로가 유실되어 복구하기 위해 소집되는 경우가 많아도 흔쾌히 응합니다. 특별히 해야 할 공적 업무가 줄어들 때는 당국에서 노동 시간을 단축하라고 지시합니다. 행정관은 결코 대중에게 불필요한 작업을 강요하지 않습니다. 유토피아 헌법의 궁극적인 목표는 공공의 필요에 맞게 노동을 규제하고 대중이 자유를 충분히 누리면서 정신 고양에 힘쓸 수 있도록 하는 것이기 때문입니다.

유토피아의 교역과 사회 구조

이번에는 유토피아 사람들이 어떻게 소통하고 교역하며, 생산된 물품이 어떻게 분배되는지를 말씀드리겠습니다. 각 도시는 가구를 기본 단위로 구성되며, 가족 구성원은 일반적으로 혈연관계에 기초합니다. 여자들은 성인이 되어 결혼하면 남편의 집에서 살게 됩니다. 그 집에서 자식들과 함께 살면서 집안의 최고 연장자의 보호를 받습니다. 만약 최고 연장자가 늙어서 사리 분별을 못하게 되면 그 다음 연장자가 그의 역할을 대신합니다.

농촌 지역을 제외하고 도시에 있는 가구는 6,000세대 정도입니다. 도시의 인구가 지나치게 많아지거나 적어지는 것을 방지하기 위해 모든 가구의 인원을 10명~16명으로 유지하도록 법으로 정해져 있습니다. 아이들의 수는 공식적인 수에서 제외하지만, 성인 수가 많아지면 인원이 적은 다른 가구에 보냄으로써 구성원 수를 조절합니다. 이와 마찬가지로 어느 한 도시의 인구가 지나치게 많아지면 인구가 적은 도시로 초과한 인구를 이주시킵니다.

섬 전체의 인구가 많아지는 경우는 각 도시에서 시민들을 모집하여 주변 내륙 지역으로 보내어 그곳에 식민지를 건설합니다. 섬 주변에는 개간되지 않은 땅이 많기에 충분히 가능합니다. 그리고 원주민이 원하면 이 경작지에서 함께 생활할 수 있습니다. 그렇게 되면 단기간에 유토피아 사람들과 원주민이 같은 생활방식, 같은 제도에 융화되어 양쪽 모두에게 큰 이익이 됩니다. 왜냐하면 이전에는 누구에게도 보탬이 되지 않는 황무지였으나 유토피아 사람들이 경작한 후에는 양쪽에서 쓰고도 남을 수확물을 얻을 수 있게 되었기 때문입니다.

그러나 유토피아 사람들은 자신들의 법을 따르기를 거부하는 원주민은 식민 지역 밖으로 몰아내고 이마저 거부하면 무력을 사용합니다. 자신의 생존에 필요한 땅을 활용하지 않고 무용한 상태로 소유하려고만 하고 다른 사람이 활용하려는 것을 방해하는 것은 자연법을 위반하는 것으로 생각하기 때문입니다. 그래서 식민지 원주민들과 전쟁을 벌이는 것은 지극히 정당하다고 할 수 있습니다.

예전에 재해로 인해 한 도시의 인구가 급감한 적이 있었는데 다른 도시에서 사람들을 이주시켰는데도 인구가 모자랐다고 합니다. 지금까지 극심한 전염병으로 인해 그런 경우가 두 번 있었습니다. 이때는 식민지에 거주하는 사람들을 도시로 불러들여 부족한 인원을 채웠습니다. 이는 그들이 식민 지역보다 도시를 더 중요하게 생각하기 때문입니다.

유토피아의 생활 방식에 대해 좀 더 설명해 드리겠습니다. 앞에서 말씀드렸듯이 최고 연장자가 가구를 대표합니다. 아내는 남편을 섬기고 자녀는 부모를 섬겨야 하며, 나이가 젊은 사람은 연장자를 따르게 되어 있습니다. 도시는 보통 크게 네 개의 구역으로 나뉘는데, 대체로 도시 한가운데 시장이 위치합니다. 각 가정에서 생산한 물품은 시장으로 운반되고 품목별로 지정된 장소로 옮겨집니다. 한 집안의 가장은 가족에게 필요한 물건이 있으면 값을 치르지 않고 가져옵니다. 마찬가지로 모든 것이 풍족하기 때문에 욕심을 부려 지나치게 많은 물품을 가져가는 사람이 없습니다. 물품이 계속해서 공급된다는 것을 알고 있으므로 굳이 욕심을 낼 필요가 없기 때문입니다. 인간을 탐욕스럽게 만드는 것은 결핍에 대한 두려움입니다. 그러나 이 두려움 외에도 인간에게는 허영심과 과시욕이 있습니다. 특히 이런 성향은 자만심이 강한 사람들에게서 아주 강하게 나타나지만, 유토피아의 사회 제도하에 이들이 설 자리는 없습니다.

도시 중앙에 있는 시장 옆에는 식료품 가게들이 줄지어 있으며, 이곳에서 채소, 과일, 빵뿐만 아니라 생선과 닭고기, 소고기를 가져올 수 있습니다. 도시 외곽에는 개울이 있는데, 그곳에서 생선의 내장을 발라내거나 도축할 때 나오는 피나 오물을 깨끗이 씻어냅니다. 이처럼 험한 일은 노예들이 합니다. 시민들이 도살하는 것은 허용되지 않습니다. 이는 인간의 타고난 심성인 동정심과 선한 본성이 손상될 수 있다고 생각하기 때문입니다. 또한 악취로 인해 공기가 탁해져서 시민들의 건강에 좋지 않거나 전염병이 생기는 것을 방지하기 위해 더럽거나 부정한 것을 도시 안으로 들여오는 것을 금합니다.

거리에는 일정한 간격을 두고 큰 건물들이 늘어서 있습니다. 그중 회관으로 불리는 건물에 지역담당관이 거주합니다. 이 회관에서 지역담당관의 관리하에 15세대씩 혹은 30세대씩 모여 식사합니다. 건물의 관리인은 일정한 시간에 시장으로 가서 식사할 사람 수에 맞는 음식을 가져옵니다.

유토피아에서는 환자를 우선하여 배려합니다. 대형 병원이 4개 있으며, 환자들은 공공 병원에 머물면서 음식을 제공받습니다. 병원은 담이 없고 소도시 크기 정도로 그 규모가 엄청납니다. 이는 환자가 한꺼번에 많이 발생했을 때 이들을 모두 수용하기 위함입니다. 또 전염병 환자들을 쉽게 격리할 수 있다고도 합니다. 병원에는 환자들의 회복과 편이를 위한 시설과 장비가 잘 갖추어져 있습니다. 간호사가 병원에 상주하면서 입원한 사람들을 세심하게 정성껏 보살피고 경험이 많은 의사들은 지속해서 환자의 상태를 점검합니다. 누구도 병원에 가는 것을 꺼리지 않으며, 건강이 좋지 않은 사람은 집에 있는 것보다 병원에서 치료받는 것을 선호합니다.

병원 관리인이 의사가 지시한 식단을 가지고 시장에 가서 최고의 식자재를 가져간 다음, 남아 있는 식품을 회관에서 식사하는 사람 수에 맞게 분배합니다. 물론 최우선 대상인 시장, 대제사장, 책임행정관은 예외입니다. 흔한 경우는 아니지만 외국에서 사절이 오면 그들을 우대합니다. 양질의 식품을 제공하는 것은 물론 잘 영접하고 편의시설이 잘 갖춰진 숙소를 제공합니다.

저녁 식사나 만찬 시간이 되면 나팔 소리가 울리고 병원에 있거나 집에서 치료하는 환자들을 제외하고 모두가 회관에 모여 식사합니다. 식사가 끝난 후 원하는 사람은 시장에 가서 남아 있는 식품을 마음대로 집으로 가져갈 수 있습니다. 그러나 필요하지 않은데 가져가는 사람은 없습니다. 사람들은 물론 집에서 식사할 수 있지만 회관에서 식사하는 것을 더 선호합니다. 회관 식당에는 집보다 훨씬 더 훌륭한 만찬이 준비되어 있기 때문입니다.

식당에서 벌어지는 지저분하고 힘든 일은 모두 노예가 합니다. 하지만 식재료를 준비하고 요리하고 메뉴를 정하는 일은 여자들이 하는데, 각 가정의 주부가 교대로 담당합니다. 식탁 배정은 식사하는 사람의 수에 따라 다르지만 보통 서너 개의 식탁에서 식사하게 됩니다. 남자들은 벽 쪽에 앉고 여자들은 그 반대편에 자리합니다. 간혹 아기가 보챌 때 엄마가 자리에서 일어나서 쉽게 육아실로 갈 수 있도록 하기 위함입니다. 육아실에는 따뜻한 난로가 있고 깨끗한 물과 아기를 눕힐 수 있는 요람이 준비되어 있어서 편하게 기저귀나 옷을 갈아입힐 수 있습니다.

기본적으로 아기는 친모가 돌보고 양육합니다. 하지만 아이의 엄마가 죽거나 병이 들면 지역담당관의 아내가 그 즉시 유모를 구합니다. 여성들이 흔쾌히 이 일을 하려 하므로 유모를 구하기는 어렵지 않습니다. 유모가 된 여성은 자애로운 행위를 함으로써 주변에서 칭송받으며, 보살핌을 받는 아이도 유모를 친모처럼 따르게 됩니다. 5세 미만의 아이들은 육아실에서 식사합니다. 그러나 다른 아이들은 결혼할 나이가 될 때까지 남녀 구분 없이 어른들의 식사 시중을 듭니다. 아직 어려서 일을 하지 못하는 아이들은 식탁에 앉아서 어른들이 주는 음식을 먹습니다.

각 식탁에는 네 명씩 앉습니다. 식당 맨 앞쪽 단상 위에 한 식탁이 있는데, 여기서는 모든 사람을 한눈에 볼 수 있습니다. 이 식탁 한가운데 지역담당관 부부가 앉고 그들 옆에 최고 연장자가 앉습니다. 하지만 그 지역에 교회가 있는 경우, 상석에 지역담당관과 사제, 그리고 그들의 아내가 앉게 됩니다. 다른 식탁들에 연장자와 젊은 사람이 네 명씩 섞여 앉으면 식탁 배치가 끝납니다. 이런 식으로 자리를 배치하면 젊은이가 연장자에게 존경심을 보이고 예의를 지키기 위해 가벼운 언행을 삼가게 된다고 합니다.

음식은 식탁이 놓인 순서대로 배분하지 않습니다. 먼저 최고 연장자가 있는 식탁에 음식이 차려지고 다른 식탁에 공평하게 음식이 차려집니다. 인기가 많아서 부족한 음식의 경우, 연장자에게 우선 제공되며 연장자는 자기가 주고 싶은 젊은이에게 음식을 나눠 주기도 합니다. 이런 식으로 연장자는 존중받고 나머지 사람들도 그에 걸맞은 대우를 받으면서 모두가 만족스럽게 식사합니다.

저녁 식사와 만찬을 하기 전에는 훈화를 위한 글이 낭독되지만 길지 않기 때문에 사람들은 지루해하거나 불편해하지 않습니다. 그리고 연장자들은 유용하고 유쾌하게 이야기하면서 분위기를 편하게 이끌어 갑니다. 식사하면서 무거운 이야기는 가급적 하지 않으려고 하며, 되도록 젊은 사람들의 말에 귀를 기울이려고 노력합니다. 그렇게 함으로써 젊은이들이 어떤 생각을 갖고 있고 어떤 성향인지 알게 됩니다. 점심 식사에 비해 저녁 식사 시간은 오랫동안 이어집니다. 점심때는 식사를 끝내고 다시 일을 하러 가야 하지만, 저녁때는 식사 후에 잠자는 것 외에는 특별한 일이 없기 때문입니다. 오히려 음식을 소화시키는 데 도움이 된다고 생각합니다.

저녁 식사 때는 음악이 빠지지 않습니다. 그리고 메뉴가 고기일 때는 식사 후에 과일이 제공됩니다. 식사할 때는 즐거운 기분을 유지할 수 있도록 향을 피우거나 여기저기 향수를 뿌립니다. 해가 되지만 않는다면 어떤 쾌락도 금지되지 않습니다.

도시민은 이렇게 식사하지만, 멀리 떨어져 있는 농촌에서는 각자의 집에서 식사합니다. 농촌에 거주하는 사람들도 도시민과 마찬가지로 음식이 부족한 경우는 없습니다. 바로 이들이 도시에서 소비하는 식량을 생산하는 사람들이기 때문입니다.

유토피아 사람들의 여행

다른 도시에 사는 친구를 방문하거나 다른 도시를 여행하고 싶을 때, 특별한 상황이 아니면 지역담당관과 책임행정관에게 신청해서 쉽게 허가받을 수 있습니다. 다른 도시로 갈 때는 군주의

서명이 포함된 여행증명서를 소지해야 하는데, 이 증명서에는 여행이 승인된 날짜와 돌아오는 날짜가 기재되어 있습니다. 여행에 도움이 되도록 우마차와 이를 돌보는 노예를 제공받지만, 일행에 여성이 없으면 마차를 거추장스럽게 여겨서 타고 가지 않습니다. 어디를 가든 먹을 것을 가져가지 않아도 여행자는 집에 있는 것처럼 부족함이 없습니다. 어느 지역이든 여행자를 따뜻하게 맞이해 주며, 하루 이상 그곳에 머무를 경우 현지에서 자신이 하던 일을 하면 음식을 제공받을 수 있습니다.

만약 여행증명서 없이 거주지 밖에서 여행하다가 발각되면 큰 비난과 함께 불명예스럽게 송환되며, 무단 이탈자로 간주해 중벌을 받습니다. 그 후 또다시 시도하다 적발되면 노예형에 처해집니다. 자신이 거주하는 지역 내에서 여행하고자 한다면, 집안의 가장이 허락하고 아내가 반대하지 않는 한 자유롭게 다닐 수 있습니다. 하지만 도시 외곽의 농촌 지역을 여행할 때 대접받기를 원한다면 농부들과 함께 일하고 그곳의 규칙을 따라야 합니다. 그렇게 해야 자신이 거주하는 도시에서처럼 편하게 지낼 수 있습니다.

이처럼 유토피아에는 게으른 사람도 없고 일을 하지 않으려고 핑곗거리를 찾는 사람도 없습니다. 술집이나 사창가가 없으니 타락할 위험이 적고 은밀하게 나쁜 일을 모의할 장소도 없습니다. 모든 사람이 서로 지켜보는 가운데 생활하기 때문에 자기 일에

열중하고 여가 시간도 건전하게 보낼 수밖에 없습니다. 이와 같은 생활 방식을 고려할 때 그곳 사람들이 풍요롭게 사는 것은 전혀 이상하지 않습니다. 물품이 균등하게 분배되기 때문에, 가난으로 인해 구걸하는 사람이 없다는 것도 그리 놀라운 일이 아닙니다.

앞에서 말씀드린 대로 각 도시에서는 유토피아의 중심 도시 아모로트에서 일 년마다 열리는 최고의회에 대표자 3명을 파견합니다. 이 회의에서는 어느 도시에 식량이 풍부하고 부족한지를 조사하여 균등하게 공급받을 수 있도록 조처합니다. 물론 이 또한 특정한 보상 없이 무상으로 행해집니다. 이런 방식을 보면 섬 전체가 마치 거대한 하나의 가족 공동체라 할 수 있습니다. 유토피아 사람들은 기후 변화로 인해 작황이 좋지 않을 때를 대비해서 일반적으로 2년 치의 식량과 생필품을 창고에 저장해 둡니다. 이런 식으로 필요한 물품을 확보한 후에 남은 물량을 다른 나라에 수출합니다. 옥수수, 꿀, 양모, 아마, 나무, 밀랍, 수지, 가죽, 가축 등이 주요 품목입니다. 남은 물량의 7분의 1을 수출하는 나라의 가난한 사람들에게 무상으로 주고 나머지는 적정한 값을 받고 넘깁니다. 이 거래를 통해 유토피아 사람들은 필요한 물품인 철을 구입하고 많은 양의 금과 은도 확보할 수 있습니다.

그들은 오랫동안 이런 식으로 교역하면서 엄청난 재물을 비축했습니다. 그래서 지금은 현찰 거래든 신용 거래든 거래 방식을 크게 상관하지 않으나 주로 신용 거래를 합니다. 관례에 따라 개인이 발행한 채권은 받지 않고 국가에서 발행한 채권만 받습니다. 물품을 받은 나라에서는 계약과 관련된 사람들로부터 대금을 받아 공적 자금을 확보해 두었다가 유토피아가 요구할 때 대금을 지급합니다. 하지만 유토피아에서 대금을 독촉하는 경우는 극히 드물기 때문에 해당 국가는 자금을 최대한 활용할 수 있습니다. 유토피아 사람들은 자신에게 꼭 필요한 것이 아닌데 필요한 사람들에게서 그것을 빼앗는 것은 옳지 않다고 생각하기 때문입니다.

하지만 다른 나라에 자금을 빌려줘야 할 때는 대금 상환을 요청합니다. 그런 경우는 대부분 전쟁 준비를 할 때입니다. 자국민을 위급한 상황이나 갑작스러운 재난으로부터 보호하는 것이 무엇보다 중요하기 때문이지요. 그런 상황에 대비하기 위해 엄청난 자금을 확보해 두는 겁니다. 자금의 대부분은 용병을 고용하는 데 사용됩니다. 그리고 그들은 돈이야말로 적군을 매수할 수 있고 분열시킬 수 있는 가장 좋은 수단이라는 사실을 잘 알고 있습니다.

유토피아 사람들의 귀금속에 대한 가치 기준은 우리와 크게 다릅니다. 이상하게 들리시겠지만 그들은 금과 은을 귀하게 여기지 않습니다. 자주 사용하지 않는, 그저 나중을 위해 비축해야 할 물건 정도로 생각합니다. 그들은 어떤 재화든 그 가치는 사용 빈도에 비례하여 결정된다고 믿습니다. 아마 믿지 못하시겠지요.

인간은 보통 자신의 생각과 다른 것은 믿지 않는 경향이 있으니까요. 저 역시 직접 보지 않고 다른 사람한테서 전해 들었다면 거짓말이라고 했을 겁니다. 인간이 불이나 물 없이 살 수 없듯, 사실 철 역시 그에 못지않게 중요합니다. 금이나 은은 철에 비하면 그 가치가 훨씬 떨어지지만, 인간의 어리석음이 금과 은의 희소성 때문에 그 가치를 높였을 뿐입니다. 자연은 관대한 어머니로서 물과 흙과 같은 소중한 것들은 우리 앞에 아낌없이 펼쳐놓았지만, 금과 은같이 헛되고 쓸모없는 것은 인간의 눈에 잘 띄지 않는 곳에 두었다는 것이 그들의 생각입니다.

만약 군주나 귀족들이 귀금속을 비밀 금고에 가득 채우고 자물쇠로 잠근다면 시민들은 그들을 불신하고 사적 이익을 취한다고 생각할 것입니다. 사실 유토피아에서도 금과 은을 이용하여 접시나 그릇을 만들 수 있습니다. 하지만 그렇게 하면 사람들이 귀금속을 너무 좋아한 나머지 전쟁을 해야 할 때 병사들에게 급료를 지급하지 못하게 되는 상황이 발생할 수 있다고 생각할 겁니다. 이와 같은 곤란한 상황이 발생하지 않게 하려고 금을 매우 소중하게 여기는 우리와는 전혀 다른 관습을 택한 겁니다.

유토피아 사람들이 식사할 때 사용하는 그릇과 컵은 도자기나 유리로 만들어져 있습니다. 아주 정교하게 잘 만들어졌지만 값은 저렴합니다. 반면에 공동 식당에서 사용하는 도구나 개인의 집에서 사용하는 요강과 같은 변기를 금과 은으로 만듭니다.

또한 노예의 쇠사슬과 족쇄를 금으로 만들 뿐만 아니라, 죄인들에게 악행의 증표로 금귀걸이와 금반지를 끼게 하고 머리에는 금관을 씌웁니다. 그들은 금과 은을 매우 경시하는 경향이 있습니다. 그래서 시급한 상황이 닥쳐서 자신들이 소유한 귀금속을 내놓아야 할 때, 다른 나라 사람들은 가슴이 미어지는 듯한 괴로움을 겪어도 이들은 대수롭지 않게 생각할 수 있는 겁니다.

유토피아 사람들은 우연히 해안에서 진주를 줍고 바위에서 다이아몬드와 석영을 발견하기는 하지만, 애써 찾아다니지는 않습니다. 어쩌다 보석을 발견하면 깨끗이 닦고 다듬어서 아이들에게 줍니다. 어린아이는 보석들을 장신구로 사용하면서 아주 만족해 하지만, 나이가 들어가면 유치한 장난감으로 생각해서 이것들을 멀리합니다. 이는 우리가 아이였을 때 가지고 놀던 인형이나 장난감을 커가면서 부모가 옆에서 권하지 않아도 스스로 찾지 않는 것과 같은 이치입니다.

제가 아모로트에 머물고 있을 때 아네몰리아Anemolia라는 나라에서 사절단이 왔습니다. 이때 그들이 취한 행동이 이 나라 사람들의 관습이 다른 나라와는 판이하다는 것을 잘 보여줍니다.

사절단이 이 도시에 도착한다는 소식을 듣고 여러 도시에서 파견된 대표들이 자신의 도시와 관련된 사안을 논의하기 위해 모여서 사절단을 기다리고 있었습니다. 유토피아 주변 나라의 사신들은 이 나라의 풍습을 잘 알고 있습니다. 유토피아 사람들에게 좋은 옷은 환영받지 못하고 비단옷은 멸시의 대상이며 금은 불명예의 상징임을 잘 알고 있기에, 유토피아를 아는 나라의 사신들은 매우 간소한 옷차림으로 이곳을 방문했습니다.

하지만 아네몰리아는 유토피아와 멀리 떨어져 있어서 교류가 거의 없었으며, 유토피아 사람들이 수수하게 옷을 입는다는 것 정도로만 알고 있었던 겁니다. 아네몰리아인은 좋은 물건은 모두 쓸모가 있다고 생각하는 사람들이었습니다. 현명하기는커녕 허영심이 강한 그들은 유토피아 사람들이 궁핍하다고 생각하고 유토피아 사람들을 놀라게 할 의도로 사절단을 호화롭게 꾸며 보내기로 했습니다. 그들은 3명의 사절단과 100명에 달하는 수행원을 파견했습니다. 귀족 신분의 사절단은 금박으로 수놓은 각각 다른 색의 비단옷을 입었으며, 커다란 목걸이와 귀걸이를 달고 손가락에 금반지를 끼고 있었습니다. 또한 그들이 쓰는 모자는 진주와 보석들로 화려하게 장식해 두었습니다. 한마디로 그들은 유토피아 사람들 사이에서 노예의 증표, 악인의 표식, 혹은 어린아이의 놀잇감으로 치장한 것이었습니다.

사절단 행렬이 도시에 들어서자 많은 유토피아 사람들이 거리에 나왔고, 사람들의 옷차림을 본 사절단은 으스대며 거리를 지나갔습니다. 하지만 사절단을 본 유토피아 사람들의 반응은 그들이 기대한 것과 아주 달랐습니다. 사절단은 자신들의 예측이 빗나간 것에 대해 불쾌한 감정을 감추지 못했습니다. 유토피아 사람 중 외국에 다녀온 몇몇 사람을 제외하고, 그들에게는 이 행렬이 너무 우스꽝스러운 쇼로 보였기 때문에, 사신의 수행원 중 수수한 복장을 한 사람들에게는 최대한 경의를 표했으나 화려한 금박 옷을 입은 사람들은 예를 갖추지 않고 무시했습니다.

한 사내아이가 놀라서 사람들을 밀치고 엄마를 부르면서 이렇게 소리쳤습니다. "저 바보 같은 아저씨 좀 봐요! 어린아이처럼 진주와 보석을 차고 있어요." 그러자 어머니가 아주 진지하게 "조용히 해! 저 사람들은 사신의 광대일 거야"라고 말했습니다. 또 어떤 사람은 사신들이 걸친 금목걸이를 보고 "저 사슬은 노예들을 묶기에는 너무 느슨하고 약해 보여. 쉽게 끊어 버리고 도망칠 것 같아"라고 말했습니다.

유토피아에 온 지 이틀이 지나자 아네몰리아 사신들은 유토피아 사람들의 집에 엄청나게 많은 양의 금이 있고 자신들이 좋아하는 만큼이나 그들이 금을 경멸한다는 사실을 알았습니다. 한 명의 노예가 차고 있는 쇠사슬과 족쇄에 사용된 금과 은이 자신들의 장신구에 있는 금은을 합친 것보다 더 많다는 사실도 알게 되었습니다. 그들은 유토피아 사람들과 자유롭게 대화를 나누면서 그 나라의 관습과 사람들의 의식을 알게 되었고, 자신들의 으스대던 태도를 부끄럽게 생각하고 걸치고 있는 장신구를 모두 떼어버렸습니다.

그들은 별이나 태양에서 나오는 멋진 광채를 쉽게 볼 수 있는

데, 보석이나 돌 조각의 의심스러운 광채에 어떻게 그토록 열광할 수 있는지를 두고 놀라워합니다. 또 멋진 양털 옷을 입었다고 해서 어떻게 우쭐댈 수 있는지도 의아해했습니다. 아무리 고운 실로 만든 양털 옷이라고 해도 진짜 양의 털보다 더 좋을 수는 없으며, 양털은 그저 양털이지 그 이상이 될 수 없다고 생각하기 때문입니다. 그 자체로는 너무나 쓸모없는 금이 다른 데서는 너무나 귀하게 여겨져서 사람보다도 더 높게 평가되는 것을 괴이하게 여깁니다.

유토피아 사람들은 나무 막대기보다도 지각이 없는 어리석은 인간이 단지 금과 은을 많이 가지고 있다는 이유만으로 선량하고 현명한 많은 사람들을 맘껏 부린다는 사실을 도저히 이해하지 못합니다. 그렇게 되면 어떤 멍청한 주인의 비열한 하인이 우연히, 혹은 법을 교묘하게 이용해 모든 부를 손에 넣을 수도 있을 것이며, 그 주인은 곧 재산에 딸린 물건처럼 그 하인의 하인이 될 수도 있다고 생각합니다. 게다가 사람들은 부자들에게 빚을 졌다거나 그들의 선심을 바라는 것도 아닌데, 부자들을 숭배하지요. 그들이 탐욕스럽고 인색해서 사람들에게 땡전 한 푼 베풀지 않는다는 것을 알면서도 그렇게 대합니다. 이런 것들이 유토피아 사람들에게는 참으로 어리석게 보일 뿐입니다.

유토피아 사람들이 이러한 생각을 갖게 된 이유는 관습과 법 체계가 모두 엉터리인 나라와 완전히 상반된 나라의 제도하에서

성장하면서, 학문과 연구를 통해 유토피아식 사고를 터득했기 때문입니다. 다른 나라와 마찬가지로 유토피아에서도 극소수가 어릴 때부터 학문에 대한 특별한 능력과 자질을 인정받아 노동을 전적으로 면제받고 학업에 전념합니다. 하지만 대부분의 아이들도 국가로부터 무상 교육을 받고 어른들은 자유시간에 남녀를 불문하고 독서하며 시간을 보내지요. 그리고 이 독서 습관은 평생 이어집니다.

그리고 자신들의 언어로 모든 학문을 배웁니다. 어휘가 풍부하고 듣기에 거슬리지 않아서 자국어로 자기 생각을 마음껏 표현할 수 있습니다. 지역에 따라 사투리가 약간씩 섞여 있지만 의사소통에는 전혀 문제가 없지요.

우리가 그곳에 도착하기 전까지 유토피아에서 유명한 철학자들의 이름은 들어본 적조차 없었습니다. 하지만 그들은 그리스 학자들이 음악, 논리학, 수학, 기하학과 같은 분야에서 발견한 것과 같은 원리들을 이미 알고 있었습니다. 다만 현대의 논리학 분야에서는 우리가 더 뛰어납니다. 왜냐하면 그들은 우리의 경박한 학교에서 젊은이들에게 가르치는 야만적인 고상함에 아직 빠져본 적이 없기 때문이지요.

유토피아 사람들의 정신세계는 망상적이거나 환상적인 것과는 거리가 멀기 때문에, 우리가 추상적인 이야기를 한다면 그것이 무엇을 의미하는지 이해하지 못합니다. 우리에게는 손가락으

로 가리킬 수 있을 정도로 구체적인 의미지만 유토피아 사람들
은 전혀 인식하지 못하는 식입니다. 지금 우리에게는 마치 거인
이나 엄청나게 거대한 존재처럼 자명하게 잘 알려진 개념을 유토
피아 사람들에게 아무리 설명해 봤자 그들은 그 의미를 이해하
지 못하는 것입니다.

그들은 공허한 관념에 대해서는 잘 모릅니다. 그렇지만 천문
학에 정통해서 천체의 움직임을 완벽하게 이해하고 있습니다. 또
정교한 많은 천문 관측 기구를 보유하고 있습니다. 그 기구로 태
양, 달, 별의 운행과 위치를 매우 정확하게 예측합니다. 그러나 별
자리를 이용하여 점을 치는 점성술 같은 속임수는 멀리합니다.
오랫동안 관찰한 경험을 통해 현명하게 기후를 예측하며, 이를
토대로 비, 바람, 대기 등의 변화를 판단합니다. 그러나 자연의 원
리, 바다의 염분의 원인, 밀물과 썰물의 원인, 하늘과 땅의 근원
과 본질에 대해서는 고대 철학자들이 그랬던 것처럼 아직 의견
의 일치를 보지 못했습니다. 새로운 학설을 제시하고 그에 대해
계속 열띤 논쟁을 벌이고 있지만 최종 결론에는 도달하지 못했
습니다.

그들도 윤리학에서 우리와 같은 문제로 논쟁합니다. 그들은 육
체적 선함과 영혼의 선함, 외적인 선함에 동일한 선함을 적용할
수 있는지, 아니면 영혼에만 선함을 적용할 수 있는지에 대해 탐
구합니다. 미덕과 쾌락의 본질도 연구하는데, 그들의 주된 논점

은 인간 행복의 본질이 무엇인지, 즉 어느 한 가지에 의해 결정되는지 아니면 여러 가지에 의해 결정되는지입니다. 실제로 쾌락을 행복의 전부까지는 아니더라도 상당히 중요하게 여기기 때문에 그들의 윤리관은 쾌락주의적 경향을 띠고 있는 것 같습니다. 이상하게 보일 수 있지만, 그들은 쾌락에 관대한 자신들의 생각을 뒷받침하기 위해 종교의 엄격함과 엄숙함 속에서도 논거를 찾습니다. 행복에 대해 논증할 때는 자연적인 이성 철학과 종교적 원리의 힘을 빌립니다. 종교 없이 이성적으로만 탐구하면 추측과 결함만 있을 뿐이며, 진정한 행복을 정의하기 힘들다고 생각합니다.

그들의 종교적 기본 원칙은 '인간의 영혼은 불멸하고 선하신 하나님은 그 영혼이 행복하도록 설계하셨으며, 현생에서의 선행에 대한 보상과 악행에 대한 벌은 사후에 받게 되어 있다'입니다. 이는 오래전부터 유토피아 사람들 사이에 전해져 내려온 원리지만, 그들은 그 속에서도 논리적 근거를 찾아냈습니다. 만약 이 원칙을 받아들이지 않는다면 사람은 합법적이든 불법적이든 가능한 모든 수단을 동원해서 쾌락만을 추구하게 될 겁니다. 그렇기 때문에 작은 쾌락이 큰 쾌락을 방해해서는 안 되며, 고통이 따르는 쾌락을 추구해서는 안 된다고 합니다. 그들은 아무것도 얻을 것이 없는데, 쾌락을 거부하고 고통을 인내하면서 미덕을 추구하는 것은 세상에서 가장 미친 짓이라고 생각합니다. 불편하고 힘들 뿐만 아니라 사후에도 보상받을 수 없는 것에 굳이 매달릴 필요가 없다는 겁니다.

유토피아 사람들은 모든 유형의 쾌락을 행복으로 간주하지 않습니다. 그 자체로 선하고 정직한 쾌락에만 행복의 가치를 둡니다. 전혀 다른 가치관을 가진 사람이 아닌 한, 행복을 미덕과 동일시하지도 않습니다. 미덕이란 자연을 따르는 삶이라고 정의하고 신이 그렇게 인간을 창조했다고 생각합니다. 어떤 것을 취하고 어떤 것을 피할지는 이성의 지시에 따라야 한다고 믿습니다. 이성의 첫 번째 지시는 우리가 가진 모든 것과 우리가 바라는 모든 것을 하게 해 준 신에게 사랑과 경외심을 가지라는 것입니다. 두 번째 지시는 우리가 최대한 안락하고 즐겁게 살면서, 다른 사람들도 그렇게 살 수 있도록 최대한 노력을 기울여야 한다는 것입니다.

그들은 제아무리 미덕을 맹종하는 사람이라 할지라도 쾌락을 비난하는 데는 모순이 있다고 말합니다. 그들은 많은 감시와 고통, 혹독함을 겪는 엄격한 규칙 속에 살면서도 다른 사람을 구제하고 고통에서 벗어나게 해야 한다고 주장합니다. 그러면서 쾌락을 좇는 자신들의 행위를 인간의 삶을 향상시키기 위한 최고의 미덕이라고 자랑합니다. 그런데 다른 사람의 불행을 막고 불안감을 없애주며 그들에게 삶의 안락함을 제공하는 것보다 자연의 이치를 더 잘 따르는 미덕이 있을까요? 만약 쾌락을 누리는 것이 악이라면 다른 사람들이 쾌락을 누리도록 도와서는 안 되고, 사람들이 그런 불행한 운명에 빠져들지 않기 위해 노력해야 할 겁니다. 반면에 쾌락을 누리는 것이 다른 사람들에게도 유익하다면 스스로도 쾌락을 누려야 할 뿐 아니라, 다른 사람들도 누릴 수 있도록 적극적으로 도와야겠지요.

자연은 우리에게, 다른 사람들에게 선하고 친절하게 대하라고 명령할 수 없듯이, 우리 자신에게 잔인해지라고 명령할 수도 없습니다. 그렇기 때문에 쾌락을 누려서 안 되는 이유도 없는 겁니다. 결론적으로 타인은 물론 자기 자신도 즐거움을 누릴 수 있어야 합니다. 남에게 친절을 베푸는 것이 자신에게 혹독해야 하는 이유가 될 수는 없습니다. 그렇기에 유토피아 사람들은 자연에 따라 사는 것이 미덕이라고 정의하고, 자연은 궁극적으로 사람들에게 쾌락의 추구를 권한다고 여깁니다. 또 많은 인간이 서로 도우며 삶을 누리기를 바라며, 사람들이 똑같이 행복하기를 원합니다. 자연도 당연히 타인의 이익을 추구하기 위해 자신을 희생하는 것은 안 된다고 분명히 말합니다.

유토피아 사람들은 법이 허용하는 한, 자신의 이익을 추구하는 것은 참된 일이라고 여깁니다. 물론 다른 사람의 쾌락을 빼앗아 누리는 것은 부당하다고 생각합니다. 하지만 다른 사람의 이익을 위해 자신의 이익을 포기하는 것은 온화하고 선한 영혼의 행위라고 말합니다. 사적 이익보다 공적 이익을 선호하는 것을 더 경건하다고 생각하기 때문입니다. 그렇게 함으로써 더 큰 쾌락을 누릴 수 있다고 여깁니다. 그리고 남에게 베푼 선행은 대부분 보상받습니다. 누군가에게 선의를 베풀었다는 자부심과 상대방에게 애정과 호감을 느끼게 함으로써 물질적인 것을 뛰어넘는 정신적인 만족감을 누릴 수 있는 겁니다. 그들은 종교적으로도 신 또한 그러한 순간적인 쾌락을 희생한 자에게 완전한 쾌락으로 보상해 준다고 믿습니다.

결론적으로 유토피아 사람들은 인간의 모든 행동, 심지어 모든 미덕까지도 최고의 목적이자 행복이 쾌락이라고 규정합니다. 그래서 조심스럽게 쾌락을 자연스러운 욕구로 제한합니다. 남을 해치거나 더 큰 즐거움을 방해하거나 나중에 괴로움을 남기지 않는다면, 인간은 본능적으로나 이성적으로 모든 자연스러운 방법을 동원해서 쾌락을 누릴 수 있습니다. 그러나 어리석게도 많은 사람들이 타고 다니는 말을 바꾸듯 쾌락의 본질을 쉽게 바꿀 수 있다고 착각합니다. 이런 망상에 빠진 사람들은 참되고 진정한 쾌락을 누릴 기회를 모두 잃고 쾌락에 대한 거짓된 허상에 사로잡혀 살게 될 뿐입니다. 그래서 유토피아 사람들은 자연을 거스르는 쾌락은 진정한 행복에 도움이 되기는커녕 행복을 크게 방해한다고 생각합니다.

거짓된 쾌락은 유쾌하지 않고 오히려 괴로움을 많이 내포하고 있는 경우가 대부분입니다. 하지만 금지된 것을 추구하는 인간의 비뚤어진 욕망은 실체 없는 쾌락을 진정한 쾌락이자 인생의 목표로 여기게 합니다. 이러한 거짓된 쾌락을 추구하는 사람들 가운데는 좋은 옷을 입으면 남들보다 진정으로 더 우월해진다고 생각하는 사람들이 있지만, 그들은 옷에 대해 그리고 자신에 대해 모두 잘못 생각하고 있는 겁니다. 앞에서 말씀드렸듯이, 옷의 재질 측면에서 고운 실로 짠 옷이 거친 실로 짠 옷보다 더 좋다고 생각하는 이유는 무엇일까요? 실용적인 면에서 다를 게 있나요? 하지만 허상에 빠진 사람들은 마치 고운 실로 짠 옷의 품질이 더 뛰어나기 때문에 그 옷을 입은 사람의 가치 역시 높아진다고 생각합니다. 그런 옷을 입었을 때 자신이 남보다 더 대단하고 가치 있는 사람으로 보일 것이라고 착각하지요. 그래서 허름한 옷을 입은 사람은 값비싼 옷을 입은 사람에게 존경심을 가져야 한다고 생각하고, 그렇지 않을 때는 크게 화를 내는 겁니다.

그런 자들은 어리석게도 아무 의미도 없는 외형적인 것에서 존경심이 나온다고 생각합니다. 누군가가 그들 앞에서 모자를 벗거나 무릎을 꿇는 것을 보고 진정한 쾌락을 찾을 수 있을까요? 그런다고 머리에서 광기가 사라질까요, 아니면 아픈 무릎이 낫기라도 할까요? 이렇게 쾌락에 대한 잘못된 생각이 어떻게 많은 사람의 넋을 빼앗는지를 보고 있으면 그저 놀라울 따름입니다. 오늘날 소위 귀족이라고 하는 자들은 귀족이라는 공상에 빠져 황홀해하고 자신들이 대대로 부유하고 큰 재산을 가진 조상의 후손임에 너무나도 만족합니다. 심지어 재산을 물려받지 못했거나 재산을 탕진해도 여전히 자신은 고귀한 존재라고 생각하지요.

유토피아 사람들은 보석을 중요시하는 사람들도 좋아하지 않습니다. 보석은 시대나 장소에 따라 그 가치가 달라지는데도 불구하고, 특히 많은 사람이 탐내는 보석을 가진 사람은 마치 자신이 신성한 존재가 된 것처럼 행동합니다. 사람들은 대부분 보석상이 진짜 금인 것을 보증하지 않는 이상 그 보석을 구입하지 않습니다. 그런데 자신의 눈으로 진품인지 모조품인지를 구별하지도 못한다면 모조품이라고 해서 진품만큼의 즐거움을 주지 못할 까닭이 있을까요? 진품이든 모조품이든 구분하는 것에 큰 의미가 없다면 눈이 먼 사람에게 보석을 주는 것과 크게 다를 바가 없지요.

재물을 쓰지 않고 모으기만 하면서 그 자체로 쾌락을 느끼는 사람들도 있습니다. 하지만 그들이 과연 진정한 쾌락을 느낀다고 할 수 있을까요? 그들의 쾌락은 거짓된 즐거움의 그림자일 뿐입니다. 이들과 달리 금을 쓰지 않고 잃어버릴까 두려워 땅속에 숨기고 다시 찾지 않는 사람들도 있습니다. 이는 버리는 것과 마찬가지입니다. 그들은 금을 땅속에 묻어두고 매우 행복해합니다. 하지만 땅속에 있는 금은 주인이나 다른 누구도 사용할 수 없기 때문에 잃어버린 것과 다를 게 없습니다. 만약 누군가가 그 금을 훔쳐 갔는데, 금을 숨긴 주인이 10년 후 그 사실을 전혀 모른 채 세상을 떠났다면, 금을 도둑맞든 아니든 별 차이가 없는 게 아닌

가요? 금을 땅에 묻은 순간부터 그에게 금은 아무 의미가 없어지는 겁니다.

어리석은 사람 중 노름을 하거나 사냥하는 것을 쾌락으로 삼는 자들이 있습니다. 유토피아 사람들은 주사위 던지기를 해 본 적이 없는 데다 사냥하는 사람들의 어리석음 또한 들어보기만 했을 뿐입니다. 그들은 우리에게 "노름에서 어떤 쾌락을 찾을 수 있나요?"라고 묻습니다. 처음 몇 번은 재미있을 수 있지만 계속하다 보면 지겨워지리라 생각합니다. 그리고 "개가 울부짖는 소리를 들으면 즐거운가요?"라고도 질문합니다. 그들은 사냥을 즐겁지 않은 불쾌한 것으로 생각합니다. 또한 개가 토끼를 쫓는 것을 보는 즐거움이 개가 다른 개를 쫓는 것을 보는 즐거움보다 더 크다는 걸 이해하지 못합니다. 달리는 개를 보는 것이 즐거움을 준다면, 두 경우가 다르지 않기 때문에 똑같은 즐거움을 얻을 수 있지 않느냐는 겁니다. 어떻게 토끼가 개에게 갈기갈기 찢겨 죽임을 당하는 것을 보고 즐겁다고 할 수 있을까요? 오히려 약하고 겁 많은 토끼가 강하고 사납고 잔인한 개에게 잡아먹히는 것에 연민을 느껴야 하지 않을까요?

그래서 유토피아 사람들은 사냥하는 행위를 인간의 존엄성을 저해하는 것으로 간주하고, 앞서 말씀드렸듯이 노예 신분인 백정에게 그 일을 맡깁니다. 그러나 인간에게 필요할 때 도축하는 것은 어느 정도 유용하고 품위 있는 일이라고 생각합니다. 이와 달리, 사냥꾼은 자신의 쾌락을 위해 작고 불쌍한 동물을 죽이는 것입니다. 그들은 천성적으로 잔인하고 사나운 맹수에게서만 이런 잔혹성을 볼 수 있다고 말합니다.

천박한 자들은 이와 유사한 많은 것들을 쾌락으로 여깁니다. 그러나 유토피아 사람들은 거기에는 진정한 즐거움이 없기 때문에 쾌락으로 간주해서는 안 된다고 확언합니다. 진정한 쾌락인 것처럼 보이지만 사실은 그렇지 않으며, 쓴 것과 달콤한 것을 혼동하는 것에 불과하다고 말입니다. 이것은 본질 자체에서 생기는 것이 아니라 타락한 관습에서 비롯되었다고 생각합니다. 임신한 여성이 입맛이 바뀌어 꿀보다 비계나 송진이 더 달콤하다고 생각하는 것처럼, 이것들은 사람의 미각을 변화시켜 쓴맛을 단맛으로 느끼게끔 왜곡할 뿐입니다. 그러나 우리는 사물의 본질을 바꿀 수 없으며 쾌락의 본질 역시 바꾸지 못합니다.

유토피아 사람들은 진정한 쾌락을 정신적인 것과 육체적인 것 두 가지로 분류합니다. 정신적인 쾌락은 지식과 진리에 대한 명상을 통해 얻어지는 만족감입니다. 참된 삶에 대한 즐거운 성찰과 미래의 행복에 대한 확고한 희망도 여기에 포함됩니다. 육체적인 쾌락은 다시 두 가지 유형으로 나뉩니다. 한 가지는 우리의 신체 감각에 주는 진정한 즐거움입니다. 먹고 마심으로써 생명 유지에 필요한 열량을 공급받거나 배설이나 성교를 통해 몸에 과도하게 쌓인 것을 방출할 때 생기는 쾌락입니다. 가려움을 해결하기 위해 문지르거나 긁는 것도 포함됩니다. 신체에 부족한 것을 채우거나 과도한 것을 덜어냄으로써 생기는 쾌락 외에도 우리의 감각에 신비로운 쾌락을 가져다주는 것이 있습니다. 음악을 들을 때 느끼는 쾌락이 여기에 해당합니다. 다른 한 가지는 신체가 평화롭고 정상적으로 기능할 때 생기는 쾌감입니다. 이는 아프지 않고 건강해서 고통이 없는 상태에서 생기는 즐거움입니다. 정신적으로 불쾌감이 없어서 외적인 자극 없이도 즐거움을 느낄 수 있습니다. 비록 먹고 마시는 것과 같이 우리의 감각 기관을 직접적이고 강렬하게 자극하진 않지만, 사람들은 이것을 최고의 쾌락이라고 생각합니다. 유토피아 사람들의 대부분은 이 쾌락이 다른 모든 쾌락의 기반이라는 점에 동의합니다. 이 쾌락은 그 자체만으로도 인생을 활기차게 만들 수 있으며, 이것이 없으면 다른 쾌락을 누리는 것이 불가능합니다. 그래서 그들은 완전히 건강하지 않은 상태에서의 쾌락은 즐거움이 아니라 어리석음이라고 부릅니다.

유토피아 사람들 사이에서 오래전에 이렇게 고통이 없고 완전한 건강 상태를 쾌락이라고 할 수 있는지에 대한 논쟁이 있었습니다. 어떤 사람들은 이것은 쾌락이 아니라 신체의 감각적인 움직임에 의한 '흥분' 상태라고 주장했습니다. 그러나 이 견해는 오래전에 배제되었고, 지금은 건강이 모든 육체적 쾌락 중에서 가장 우선한다는 데 의견 일치를 보았습니다.

근본적으로 질병에는 쾌락과 상반되는 고통이 내재해 있고 건강에는 쾌락이 수반된다고 그들은 말합니다. 그리고 만약 누군가가 질병은 실제로 고통 그 자체가 아니라 단지 고통을 동반할 뿐이라고 말한다 해도 결과는 마찬가지이기 때문에 그 관계까지는 고려하지 않습니다. 이와 마찬가지로 실제로 건강이 쾌락 자체인지 아니면 건강이 쾌락의 원인인지는 중요하지 않습니다. 마치 불을 피우면 열기가 생겨나는 나는 것처럼 건강한 상태에 있을 때 쾌락이 생겨날 수 있습니다.

유토피아 사람들은 이렇게 추론합니다.

'먹는 즐거움이란 무엇인가? 몸이 쇠약해진 사람은 음식의 도움으로 굶주림과 싸우고 굶주림을 몰아낸다. 그러면서 몸을 추스르고 예전의 활력을 회복하게 되는데, 그 과정에서 쾌락을 경험한다. 이 승리는 다른 더 큰 쾌락을 느끼게 할 것이 틀림없지만, 추구한 것을 얻자마자 건강함이 주는 쾌락을 잊으면 어떻게 될까? 건강함을 느낄 수 없다고 말하는 사람이 있다면 그는 건강함 자체를 부정하는 것이다. 깨어 있는 사람 중에 자신의 건강에 대한 기쁨을 느끼지 못할 정도로 둔하고 어리석은 사람이 과연 있을까? 이 기쁨이 쾌락의 다른 이름이 아니고 무엇이겠는가?'

유토피아 사람들은 쾌락 중에서도 정신적인 쾌락을 가장 높이 평가합니다. 가장 큰 즐거움은 미덕과 선한 양심의 증거에서 비롯된다고 생각합니다. 육체적인 쾌락 중에는 건강을 가장 중요시합니다. 물론 먹고 마시는 것과 같이 몸의 감각을 기쁘게 해 주는 것이 많이 있지만, 그것 역시 건강할 때나 가능합니다. 이 쾌락들은 그 자체로 존재하는 것이 아니라 건강이 유지되는 한에서 사람을 즐겁게 해 줍니다. 그러므로 현명한 사람이라면 병을 얻은 후에 약을 먹기보다 사전에 병을 예방하고, 다른 사람이 고통을 덜어주기를 기대하기보다 스스로 고통받지 않도록 해야 한다고 말할 겁니다. 이와 마찬가지로 그러한 쾌락을 탐닉하는 것보다 필요조차 없게 하는 것이 더 바람직합니다. 만약 누군가가 이러한 쾌락에 진정한 행복이 있다고 생각한다면, 인생은 온통 먹고 마시고 긁는 것과 같은 일로 채워질 것이라는 사실을 인정해야 할 겁니다.

그들은 이런 것들이 원초적 쾌락이라는 점에는 동의하지만, 즐길 수 있는 것은 아니라고 말합니다. 매우 저급할 뿐 아니라 순수하지도 않다고 하면서요. 대립하는 고통이 있는 경우가 아니면 절대 즐거움을 주지 못하기 때문입니다. 예를 들어, 배고픔의 고통은 우리에게 먹는 즐거움을 주지만, 그 고통은 즐거움보다 더 큽니다. 고통은 쾌락보다 먼저 시작되지만 더 격렬하고 더 오래 지속되기 때문에 쾌락과 함께 소멸합니다. 그러므로 유토피아 사람들은 이런 종류의 쾌락을 가치가 없다고 생각하지만, 생명을 유지하기 위해 그 쾌락을 기꺼이 즐깁니다. 그리고 우리 안에 이런 쾌락을 심어준 '대자연'에 감사해합니다. 만약 우리가 매일 겪는 배고픔과 목마름이라는 질병이 우리에게 드물게 찾아오는 질병에 사용해야 하는 쓰디쓴 약으로 치료될 수 있었다면 우리의 삶은 얼마나 비참해졌을까요?

유토피아 사람들은 또한 보고 듣고 냄새 맡음으로써 생기는 쾌락을 삶에 즐거운 맛을 더해 주는 조미료로써 받아들이는데, 이를 자연이 인간만을 위해 특별히 준 것으로 믿습니다. 다른 동물은 이 세상의 아름다움을 보지 못하고 소리의 조화나 불협화음도 구분하지 못하며, 단지 고기를 구별하기 위해 냄새를 맡기 때문입니다. 그들은 자연이 인간에게 준 이 유쾌하고 적절한 선물들이 우리 몸의 힘과 활력을 유지해 준다고 말합니다. 유토피아 사람들은 작은 쾌락이 큰 쾌락을 방해해서는 안 되며, 쾌락이 고통을 수반해서도 안 된다고 생각합니다. 그러나 쾌락이 부도덕한 경우에는 반드시 고통이 따른다고 말합니다. 육체의 아름다움이나 타고난 힘을 훼손하거나, 나태함과 게으름으로 몸의 기운을 쇠하게 하거나 단식으로 몸을 망치는 것을 미친 짓이라고 생각합니다. 물론 자신의 만족을 포기함으로써 대중에게 봉사하거나 다른 사람의 행복을 증진하려고 그런 행동을 한다면 신은 더 큰 쾌락을 선사하겠지요. 하지만 그 누구에게도 도움이 되지 않는 이상적인 미덕이라는 명목하에 오지도 않을 불행에 대처한다는 과시욕 때문에 자신에게 해를 입히는 것은 어리석다고 생각합니다. 그러한 행위는 자신을 망칠 뿐이며, 자연의 창조주가 보내 준 은총을 바라지 않고 배은망덕한 태도를 취하면서 그의 축복을 거부하는 것에 불과하다고 말합니다.

이상이 미덕과 쾌락에 대한 유토피아 사람들의 생각입니다. 신의 계시가 없는 한, 이보다 더 경건하고 진실한 관념을 만들어 낼 수는 없다고 생각합니다. 저는 그들의 생활 방식을 설명할 뿐, 옹호할 생각이 없기에 이 자리에서 그들이 따르는 원칙이 옳은지 그른지를 논하지는 않겠습니다. 하지만 한 가지만은 확실합니다. 두 분께서 어떤 견해를 갖고 계시든, 지구상에 유토피아 사람들보다 더 행복한 사람은 없고 유토피아보다 더 행복한 국가는 없다는 것입니다.

그들의 키는 중간 정도이며 신체는 생기 있고 활력이 넘칩니다. 토양은 비옥하지 않고 기후도 온화하지 않지만, 유토피아 사람들은 좋지 않은 기후 환경을 이겨냈습니다. 특유의 근면함으로 많은 곡물을 수확하고 가축도 많이 번식시켰습니다. 그들은 아주 건강하고 질병도 잘 걸리지 않습니다. 그리고 새로운 경작 기술을 습득해서 비옥하지 않은 토양을 개량하는 데 성공했습니다. 그 노력은 농업에만 국한되지 않습니다. 그들은 숲 전체에 있는 목초를 뽑아서 하나하나 다른 지역에 옮겨 심기도 했지요. 경작지를 넓히기 위해서가 아니라 인접한 바다나 강을 이용하여 목재를 쉽게 운반하기 위해서입니다.

유토피아 사람들은 배우는 것을 좋아합니다. 성격은 쾌활하고 상냥하지요. 필요할 때는 어렵고 힘든 노동도 기꺼이 하지만, 대체로 편안히 쉬는 것을 좋아합니다. 그러나 새로운 지식을 추구할 때는 지칠 줄 모릅니다. 우리는 로마에는 역사나 철학 말고는 그다지 가치 있는 것이 없다고 생각했기 때문에 그들에게 주로 그리스의 문학과 철학에 관해 이야기했는데, 그리스어를 배우고자 하는 그들의 열정에 무척 놀랐습니다. 그들에게 문학 작품을 읽는 법부터 가르쳤는데, 우리의 예상을 훨씬 뛰어넘었습니다. 그들이 간곡히 청했기 때문에 가르쳤을 뿐 큰 기대는 하지 않았던 게 사실이니까요.

글자를 쓰고 읽는 법을 가르쳐 주자 매우 빠르게 이해했으며, 글을 아주 정확하게 읽었습니다. 우리에게 배운 사람들이 대부분 언어에 남다른 능력이 있고 교육받기에 적합한 연령이 아니었다면 기적처럼 보였을 것입니다. 이들은 대부분 최고의회에서 선발된 사람들로 자발적으로 열심히 공부했습니다. 그 결과, 우리에게 배운 지 3년도 안 되어 그리스어를 완전히 습득하여 최고의 그리스 작가들의 작품을 아주 정확하게 읽을 수준까지 되었습니다.

사실 그들이 그리스어를 쉽게 배울 수 있었던 것은 그리스어가 그들의 언어와 어느 정도 유사한 점이 있기 때문으로 보입니다. 저는 아주 먼 옛날, 유토피아는 그리스의 식민지였을 것으로 생각합니다. 유토피아의 언어는 페르시아어에 더 가까우나 지

명과 관직명에 그리스어 흔적이 많이 보이기 때문입니다. 저는 네 번째 항해를 떠날 때 금방 돌아오거나 아예 돌아오지 않을 수 있겠다고 생각했기 때문에 교역할 물건 대신 많은 책을 가지고 갔습니다. 가져간 책을 모두 그들에게 주었는데, 그중에는 플라톤과 아리스토텔레스의 저서가 많이 포함되어 있었습니다. 테오프라스토스가 쓴 식물에 관한 책도 있었는데, 배를 타고 가는 동안 바닥에 둔 책을 원숭이가 가지고 놀다가 여러 군데 찢어지고 많이 손상되었습니다.

테오도루스가 쓴 문법책은 가져 가지 않았고, 라스카레스가 쓴 문법책만 가지고 있었습니다. 사전도 헤시키우스와 디오스코리데스가 쓴 것밖에 없었습니다. 유토피아 사람들은 플루타르코스 작품을 아주 높이 평가했고, 루키아노스의 재치와 유쾌한 글쓰기 방식에 큰 매력을 느꼈습니다. 그리고 시집은 아리스토파네스, 호메로스, 에우리피데스, 그리고 알두스 판 소포클레스 작품을 좋아했습니다. 역사서의 경우, 투키디데스, 헤로도토스, 헤로디아누스의 저서에 관심이 많았습니다. 제 동료 중 한 명인 트리키우스 아피나투스가 히포크라테스의 저작과 갈레노스의《의학 입문》을 가지고 갔는데, 그들은 이 책을 매우 높이 평가했습니다. 의술을 경시하는 나라는 없을 테지만, 유토피아만큼 의술을 존중하는 나라도 없을 겁니다.

이 나라 사람들은 의학이 학문 중에서 가장 흥미롭고 유익한 분야 중 하나라고 생각합니다. 그리고 자연의 비밀을 탐구할 때 그 원리를 가장 중요하게 여기며, 창조주가 이를 매우 기뻐할 것이라고 믿습니다. 그분이 인간에게 자연의 순리를 보여주고 인간 중에 호기심 많은 학자에게 이를 탐구하는 능력을 주셨으며, 인간이 이를 알고 기뻐하도록 만드셨다고 생각합니다. 창조주는 열정적인 관찰자와 섬세한 연구자를 이 놀랍고 아름다운 광경을 보고도 짐승처럼 경탄하지 않는 어리석고 우둔한 자들보다 훨씬 더 좋아할 겁니다.

유토피아 사람들은 배움에 대한 열정으로 그 배움을 완벽하게 수행하는 데 필요한 기술을 스스로 찾아냈습니다. 두 가지 위대한 발명인 종이 제조술과 인쇄술은 우리의 도움을 받았지요. 하지만 상당 부분은 직접 만들었습니다. 우리는 그들에게 알두스가 인쇄한 책들을 보여주며 종이를 만드는 방법과 인쇄의 신비에 대해 잘 설명하고 싶었지만, 이전에 누구를 가르쳐 본 적이 없었기 때문에 조잡하고 피상적인 방식으로밖에 지식을 전달하지 못했습니다. 하지만 그들은 요점을 잘 파악했으며, 비록 처음에는 아주 형편없었지만 시행착오를 겪으면서 오류를 발견하고 수정한 끝에 인쇄 기술을 완전히 습득했습니다. 예전에는 양피지, 나무껍질이나 파피루스 위에 글자를 썼지만 지금은 종이 제조 공장을 세우고 인쇄기도 설치했지요. 그들은 현재 제가 앞에서 말씀드린 책의 인쇄본을 수천 부 보유하고 있습니다. 만약 우리가 더 많은 원본을 가지고 있었다면, 훨씬 더 많은 그리스 책 인쇄본을 보유하게 되었을 겁니다.

유토피아 사람들은 특별한 재능이 있거나 여행을 통해 많은 나라의 관습을 관찰하여 그 나라에 대해 잘 아는 사람을 열렬히 환영합니다. 그들은 다른 나라에서 일어나는 상황을 알고 싶어 하기 때문입니다. 하지만 유토피아에 오는 상인은 극히 적습니다. 철만 수입할 뿐, 금과 은을 포함하여 다른 품목은 수입하지 않으니까요. 물품을 수출하는 때에도 다른 나라 상인이 유토피아로 가지러 오는 것보다 직접 그 나라에 운반해 주는 것을 선호합니다. 그렇게 함으로써 다른 나라의 상황에 대해 잘 알 수 있을 뿐만 아니라 새로운 항해술도 연습해 볼 수 있기 때문입니다.

유토피아의 노예제도와 결혼

유토피아에서는 전쟁 포로나 노예의 자식은 노예로 삼지 않습니다. 다른 나라에서 노예를 사 오지도 않습니다. 노예의 대부분은 자국에서 범죄를 저지른 사람들이거나 다른 나라에서 데려온 사형수들입니다. 외국에서 노예를 데려올 때는 적은 돈을 지불하지만, 실제로는 거의 값을 치르지 않습니다. 노예는 쇠사슬에 묶인 채 평생 중노동을 합니다. 특이한 점은 유토피아 출신 노예가 다른 나라에서 온 노예보다 더 나쁜 대우를 받는다는 것입니다. 부유한 사회에서 좋은 교육과 철저한 훈련을 받았는데도 범죄를 저질렀기 때문에 가혹한 대우를 받아 마땅하다고 생각하는 것입니다.

이들 외에 또 다른 유형의 노예는 빈곤 때문에 유토피아에서 노예로 살기로 작정하고 외국에서 온 사람들입니다. 유토피아 사람들은 이들을 잘 대우합니다. 일반 시민보다 더 많은 노동을 하는 것 외에는 다른 모든 면에서 시민과 크게 다르지 않은 대우를 받습니다. 흔하지는 않으나 이들이 자국으로 돌아가기를 원하는 경우가 있습니다. 이때 그들은 자유롭게 고국으로 갈 수 있으며, 빈손으로 가는 경우는 거의 없습니다.

앞에서 말씀드렸듯이, 유토피아 사람들은 환자를 극진히 간호하고 환자의 회복에 도움이 될 만한 것은 약이든 음식이든 얼마든지 제공합니다. 불치병이나 고질병에 걸린 사람들에게도 가능한 모든 수단을 동원하여 간호하면서 최대한 편하게 해 줍니다. 하지만 고통만 지속되고 회복의 희망이 없는 환자의 경우, 사제와 행정관이 방문하여 실제로 수명이 다했기 때문에 삶이 지속될 수 없고 환자 자신과 주위 모든 사람에게 짐이 될 뿐이니 더 이상 고통 속에서 살지 말고 차분히 죽음을 준비하라고 권합니다. 환자는 질병을 더 키우지 않고 고통에서 벗어날 수 있으며 다른 사람의 도움을 받아 편히 눈을 감을 수 있습니다. 그렇게 함으로써 삶의 쾌락을 그대로 유지하고 고통만 사라지게 할 수 있다고 확신합니다. 합리적이면서 종교와 경건함에 부합할 뿐 아니라 하나님의 뜻을 전하는 사제가 한 조언이기 때문에 환자들은 그들의 말을 잘 따릅니다. 이러한 설득에 마음을 결정한 사람들은 스스로 단식함으로써 생을 마감하거나 수면제를 복용하여 고통 없이 편안하게 세상을 떠납니다. 그러나 누구도 삶을 끝낼 것을 강요받지 않으며, 이를 수용하지 않는다고 해서 간호가 소홀해지는 일은 없습니다. 하지만 사제나 최고의회의 승인 없이 스스로 목숨을 끊는 사람의 경우는 다릅니다. 그에게는 장례의 예우가 박탈되며 그 시신은 도랑에 아무렇게나 던져집니다.

유토피아에서 여성은 18세 이후, 남성은 22세 이후 결혼할 수 있습니다. 혼전 성교는 금지되는데, 만약 이를 어긴 자는 가혹한 처벌을 받고 군주가 사면권을 부여하지 않는 한 결혼을 할 수 없습니다. 이와 같은 불상사가 생기면 그 가족의 부모는 의무를 다하지 못한 것으로 간주되어 비난의 대상이 됩니다. 이를 엄중하게 처벌하는 이유는 성적 욕구를 억제하지 않으면 한 사람에게 구속되어 모든 불편함을 감내하는 결혼이라는 관습에 참여하는 사람은 거의 없을 것으로 생각하기 때문입니다.

배우자를 선택할 때, 그들은 우리에게는 다소 우스꽝스럽고 터무니없어 보이는 방식을 사용합니다. 하지만 유토피아 사람들은 오랫동안 이어져 온 이 방식을 지혜롭다고 생각하고 충실히 따릅니다. 여성은 처녀든 과부든 자신의 결혼 상대자에게 정숙한 기혼 여성 입회하에 알몸을 먼저 보여주고, 남성 역시 근엄한 남성 입회하에 알몸을 보여줍니다. 우리가 이 관습은 너무 외설적이라고 비난하자 그들은 오히려 다른 나라의 풍속이 어리석다고 하면서 이렇게 항변했습니다.

"사람들은 말을 살 때 말의 몸을 구석구석 신중하게 살펴봅니다. 안장과 다른 마구를 벗겨내서 그 아래에 혹시 상처라도 있지 않은지도 확인하죠. 말을 고를 때는 그렇게 신중하면서, 정작 남은 삶의 행복과 불행을 결정할 수도 있는 배우자를 신뢰만을 기반으로 선택할 수 있을까요? 여성을 선택할 때 신체 중에 손바닥 넓이 정도만 드러나 있고 나머지는 부분은 모두 가려져 있는데 그 속에 전염병이나 혐오스러운 것이 숨어 있지 않다고 확신할 수 있나요? 세상의 모든 남자는 성품만 보고 여자를 선택할 만큼 현명하지 않으며, 아무리 현명한 남자라도 육체를 정신만큼 중요하게 생각하지요. 아내가 결혼 전에 신체적인 결함을 감췄다가 결혼 후 남편이 알게 되면 그때는 헤어지기에는 너무 늦기 때문에 남자가 인내하는 것 외에는 다른 방도가 없습니다. 그렇기 때문에 이러한 좋지 않은 사기 행위에 대해 합리적인 대책이 필요한 겁니다."

다른 나라에서와 달리, 유토피아에서는 일부일처제가 시행됩니다. 간통과 같이 정도를 벗어난 행위를 제외하고 이혼이 허용되지 않기 때문에 배우자 선택에 민감할 수밖에 없습니다. 배우자의 간통이나 불온한 행위로 피해를 본 쪽에는 재혼의 기회가 부여되지만, 원인을 제공한 당사자는 불명예스러운 존재가 되어 절대 재혼하지 못합니다. 유토피아 사람들은 어떤 이유로든 배우자를 버리지 않습니다. 결혼 후 신체에 결함이 생기거나 질병에 걸렸다는 이유로 이혼하는 것은 절대 허용되지 않습니다. 보살핌이 가장 필요한 배우자를 버리는 것은 잔인함과 배반의 극치라고 여기기 때문입니다. 노년이 되어서도 마찬가지입니다. 노령이 되면 질병에 걸리기 쉬운 상태가 되고 그 자체를 질병이라고 할 수 있는데, 그런 이유로 이혼하는 것이 허락된다면 노년기의 삶은 극도로 불안정하고 취약할 수밖에 없기 때문입니다.

그러나 배우자와 잘 맞지 않다고 생각하는 경우, 상호 합의하에 이혼하고 더 행복하게 살기 위해 다른 사람을 찾는 경우가 간혹 있습니다. 이 경우에도 부부가 이혼을 신청한 후 반드시 최고의회의 승인이 있어야 가능합니다. 최고의회는 이혼을 원하는 사유를 검토한 후 승인 여부를 결정합니다. 재혼을 너무 쉽게 인정하면 기존 결혼제도의 근간이 흔들릴 수 있으므로 그 결정은 엄격하고 신중하게 진행됩니다.

간통죄를 범한 자에게는 엄중한 형벌이 내려집니다. 양쪽이 모두 기혼자일 경우 둘 다 이혼당합니다. 피해 당사자들은 서로 결혼할 수 있지만 원하면 다른 사람과 결혼할 수도 있습니다. 간통

자와 간통녀는 노역형에 처하는데, 원래의 배우자가 변함없는 사랑을 보이면 노역을 수행하는 조건으로 결혼 관계를 유지하는 것이 허용됩니다. 때로는 유죄 판결을 받은 자의 회개와 피해자의 헌신이 군주의 마음을 사로잡아 형이 사면되기도 합니다. 그러나 한 번 사면된 후 또 간통죄를 저지른 죄인은 사형에 처합니다.

다른 범죄에 대한 형벌은 법으로 규정되어 있지 않지만, 그때그때 최고의회에서 상황을 판단한 후 형벌을 결정합니다. 남편은 아내를 단속하고 부모는 자녀를 징계할 권한이 있지만, 죄가 무겁다고 판단되는 경우는 공개적으로 처벌합니다. 중범죄에 대한 형벌은 대부분 노역형입니다. 유토피아 사람들은 사형보다 노역형이 더 효과적이라고 생각합니다. 노예라는 비참한 모습은 죽음으로 인한 공포보다 더 오래 지속되기에 사람을 고통스럽게 만들고, 죽어서 노동을 못 하는 것보다 노역시키는 것이 공동체의 이익에 더 크게 기여하기 때문입니다.

만약 노역형에 처한 죄인이 반항하면서 쇠사슬을 차지 않고 노동을 거부하면 죽임을 당합니다. 그러나 이들에게 희망이 전혀 없는 것은 아닙니다. 형벌을 참을성 있게 견디면서 뉘우치는 모습을 보이면 군주의 재량을 통해, 혹은 시민들의 진정을 통해 사면하거나 감형해 주기도 합니다. 유부녀를 간음하려고 시도한 자는 간통죄를 저지른 자 못지않게 엄한 처벌을 받습니다. 그들은 범죄를 시도하는 것은 범죄를 저지른 것과 다를 바 없으며,

범죄에 실패했다고 해서 그 사람의 죄가 줄어드는 것은 아니라고 생각하기 때문입니다.

유토피아 사람들은 정신적으로 결함이 있는 사람을 악용하는 자를 아주 경멸합니다. 하지만 그들의 행동을 보고 즐거워하는 것은 잘못이 아니며 지극히 당연하다고 생각합니다. 지적 장애인들의 말투나 행동을 즐기지 못할 정도로 지나치게 경직되고 진지한 사람은 다른 사람에게도 감동을 주지 못하기 때문에, 그들로부터 온화하고 친절하게 대하기를 기대하기 힘들다고 생각합니다. 그러나 신체 일부가 기형이거나 몸이 불편한 사람을 조롱하는 것은 추악한 행동을 한 것으로 간주해 더 크게 조롱당합니다.

유토피아 사람들은 자연이 준 육체를 그대로 유지하지 않고 꾸미려고 하는 것을 부끄럽게 생각합니다. 그래서 여자가 화장으로 치장하는 것 역시 명예롭지 못하다고 간주합니다. 남자들은 아내의 성품만큼 남편의 마음을 사로잡는 것은 없다는 사실을 잘 알고 있습니다. 아름다움은 일시적으로 남자를 사로잡을 수 있지만, 청렴과 순종이라는 덕목이 있어야 그 매력도 유지될 수 있다고 생각합니다.

형벌을 통해 범죄를 예방하지만, 공개적으로 영예를 부여하는 방식으로 선행을 장려하기도 합니다. 예를 들어, 국가에 공헌한 훌륭한 사람들의 기념비를 시장에 세워 사람들이 그 행동을 기리도록 하는 식입니다. 이는 후손들이 그들의 모범을 따르도록 하기 위함입니다. 사람들에게 과시하기 위해 고위 관직을 얻고자 하는 사람이 있다면, 그는 절대로 공직을 얻지 못합니다. 그들은 즐거운 마음으로 더불어 살기 때문에 어떤 행정관도 시민들을 무례하거나 고압적으로 대하지 않습니다. 시장은 '아버지'라고 불리기를 원하고 그 호칭에 걸맞게 행동합니다. 사람들은 행정관에게 강요에 의해서가 아닌 마음에서 우러난 존경심을 표합니다. 군주 역시 일반 시민과 다른 옷을 입지 않고 왕관을 쓰지도 않습니다. 마치 대사제가 촛불을 들고 다니는 것처럼, 단지 짚 한 다발을 들고 다니면서 자신의 신분을 나타낼 뿐입니다.

유토피아에는 몇 개의 법만 있는데, 실제로 사회 제도상 많은 법이 필요하지 않기 때문입니다. 유토피아 사람들은 다른 나라에서 수많은 법률과 그에 대한 주석이 계속 늘어나는 것을 좋지 않다고 생각합니다. 모든 시민이 읽을 수 없을 정도로 방대하고 이해하기 힘든 법을 따르도록 하는 것은 불합리하다고 믿기 때문입니다. 이 나라에는 변호사도 없습니다. 변호사를 문제점을 숨기고 법을 교묘히 이용하는 사람으로 여기기 때문입니다. 법정에서 각 당사자는 변호사에게 할 이야기를 직접 판사에게 하는 것이 더 낫다고 생각합니다. 그만큼 판사에 대한 신뢰가 높습니다. 판사는 당사자들에게 직접 이야기를 들음으로써 더 확실하게 진실에 다가갈 수 있습니다. 그리고 사건의 진상을 파악하고 선의의 피해자가 나오지 않게 하려 최선을 다합니다. 그렇게 함으로써 방대한 법률을 가진 모든 국가에서 아주 흔하게 나타나는 폐해를 방지할 수 있습니다.

다른 나라에서는 고려할 법 조항이 많기 때문에 이런 식으로 효과적으로 소송을 처리하는 게 불가능합니다. 그러니 유토피아 사람들은 모두 법률 전문가라고 할 수 있습니다. 앞에서 말씀드린 것처럼 법이 극히 적고, 가장 자연스러운 법 해석이 가장 올바른 해석이라고 생각하기 때문이지요. 그들은 이렇게 말합니다.

"모든 법은 사람들에게 자신의 의무가 무엇인지를 일깨워 주기 위해 공포됩니다. 그런데 그 해석이 복잡하고 난해하면 사람들은 자신이 해야 할 바를 모를 것이고, 그렇게 되면 법은 무용지물에 불과해집니다. 따라서 법은 단순 명료해 누구나 쉽게 이해할 수 있어야 합니다. 일반 시민이 사회의 대다수를 구성하고 있는데, 머리가 좋은 소수의 사람도 오랜 시간 논의를 거친 후에야 적용이 가능한 난해한 법이라면 아예 만들지 않는 편이 낫습니다. 일반 시민들이 이러한 법률을 이해하기 힘들 뿐만 아니라, 생업에 종사하느라 법률 공부에 시간을 투자할 여력도 없기 때문입니다."

이웃 나라 중에 과거에 유토피아의 도움으로 폭정에서 벗어난 나라들이 있습니다. 그들은 자유를 안겨준 유토피아 사람들의 덕행에 감명받아 유토피아에 자국의 백성을 다스릴 행정관을 파견해 달라고 요청했습니다. 행정관의 임기는 나라별로 1년, 혹은 5년입니다. 행정관은 임기가 끝나면 존경과 칭송을 받으면서 유토피아로 떠나고, 새로운 행정관이 옵니다. 이 나라들이 한 선택은 백성들의 행복과 안전을 위한 현명한 선택으로 보입니다. 한 국가의 흥망성쇠는 관리들에게 달려 있다고 할 수 있는데, 그들의 탐욕과 편견, 이 두 가지가 사회의 근간인 정의를 해체하는 주범입니다. 그런 측면에서 이 나라들은 최고의 선택을 했다고 할 수 있습니다. 유토피아에서 온 행정관은 기한이 되면 자국으로 돌아가야 하므로 탐욕스럽거나 개인적인 이익을 취하지 않으며, 사람들을 편파적으로 대하지도 않을 테니까요.

유토피아 사람들에게 '동맹국'은 행정관을 요청하는 나라를 말하며, 단순히 도움을 제공하는 나라는 '우방국'이라고 부릅니다. 하지만 다른 모든 국가가 끊임없이 동맹을 맺거나 파기하기 때문에 유토피아는 어떤 국가와도 동맹 조약을 맺지 않습니다. 그런 조약은 쓸모없다고 생각하며, 인간이 기본적인 유대 관계를 유지하지 못하면 언어나 문서로 한 약속에는 큰 의미가 없다고 믿기 때문입니다. 주변의 다른 국가들이 동맹 조약을 엄격하게 지키지 않는 것을 보고 그들의 믿음이 더욱 확고해진 것으로 보입니다.

유럽, 특히 기독교 교리가 신성하고 불가침으로 받아들여지는 곳에서는 조약을 매우 신성시해서 반드시 준수해야 하는 것으로 여깁니다. 이는 군주들이 정의롭고 선하기 때문이며, 교황에 대한 경외심을 갖고 있기 때문이기도 합니다. 교황 역시 약속을 신성시해서 다른 군주들도 약속을 지킬 것을 권고하는데, 권고가 통하지 않을 때는 강압적인 방법을 사용하지요. 교황은 특별히 '경건한 자'라고 불리는 자가 조약을 경건히 지키지 않는 것을 가장 부적절하다고 생각하는데, 이는 전적으로 옳습니다.

그러나 지리적으로 멀리 떨어져 있을 뿐만 아니라 풍습과 생활 방식이 크게 다른 신대륙의 나라들은 조약을 성실하게 지키지 않습니다. 조약은 엄격하고 굳게 맹세하는 만큼이나 쉽게 깨집니다. 그들은 항상 조약문에 모호한 표현을 삽입하는데, 이는 약속을 어겼을 때 교묘히 빠져나갈 탈출구를 만들기 위함입니다. 이런 짓은 조약과 신뢰를 동시에 무너뜨립니다. 명백한 잘못임에도 불구하고, 군주에게 이 방식을 제안한 자들은 자신의 행위를 자랑스러워할 겁니다. 하지만 정작 사적 계약에서 같은 상황이 벌어지면, 그들은 계약을 파기하는 것은 신성 모독과 다를 바 없다고 말하면서 이 상황을 초래한 자는 교수형에 처해야 마땅하다고 핏대를 세울 겁니다.

이렇듯 세상의 정의는 왕의 위대함에 훨씬 못 미치는 저열하고 저속한 미덕에 지나지 않는다고 할 수 있습니다. 이 세상에는 두 가지의 정의가 있지요. 하나는 천한 자들에게 적용되는 정의로, 많은 제약으로 인해 그들은 거의 땅바닥을 기어다녀야 합니다. 다른 하나는 군주들을 위해 존재하는 정의로, 이들은 천한 무리보다 훨씬 더 자유롭게 다닙니다. 이 정의하에 합법과 불법은 오로지 군주들의 기쁨과 이익에 따라 결정됩니다. 다른 나라 군주들의 이러한 처세 방식 때문에 유토피아는 그들과 조약을 맺지 않는 겁니다. 만약 유토피아가 유럽에 있는 나라였다면 그들은 지금과 다르게 생각했을지 모릅니다. 하지만 이들은 조약이 잘 지켜지더라도 그들과 조약을 맺는 것은 좋지 않다고 여깁니다.

조약은 산이나 강에 의해 나뉜 것과 같이 지형적으로 분리되어 사는 사람들이 특정 방식으로 하나가 되는 방법을 찾는다는 것을 전제로 합니다. 조약을 맺지 않은 경우는 상대방을 공격하고 파괴하는 것이 정당화됩니다. 하지만 조약이 체결되었다고 해서 적대감이나 서로를 속이는 일이 사라지는 것은 아니지요. 모호한 문구 표현으로 인해 예방 조항이 없는 경우에는 더더욱 그렇습니다. 그러나 유토피아 사람들은 정반대의 견해를 갖고 있습니다. 해를 끼치지 않을 사람들을 적으로 여겨서는 안 된다고 생각합니다. 그들은 근본적으로 인간은 조약이나 동맹이 아닌 친절과 선의에 의해, 말이나 문서보다는 감성에 의해 더욱 효과적으로 결속될 수 있다고 말합니다.

유토피아의 군대

유토피아 사람들은 전쟁이 너무나도 잔혹해서 인간 본성을 말살한다고 생각하기 때문에 극도로 경멸합니다. 그런데도 인간은 이 세상 어떤 동물보다 전쟁을 많이 한다고 말합니다. 다른 나라 사람들과 달리, 그들은 전쟁을 통해 얻는 것은 불명예뿐이라고 생각합니다. 그럼에도 유토피아에서는 남녀 구분 없이 매일 군사 훈련을 받습니다. 그들은 침략자로부터 자국의 영토를 지키거나 우방을 돕기 위해, 또 인간의 존엄성 수호라는 명목으로 독재자에 의해 억압받는 사람들을 폭정의 멍에에서 벗어나게 하려 전쟁에 나섭니다.

실제로 동맹국 방어를 위해서뿐만 아니라 과거의 침략에 대한 보복 공격을 하기 위해서도 지원병을 파견합니다. 하지만 불가피하다고 판단했을 때만 실행합니다. 예컨대 침략국에 배상을 요구했으나 거부당했을 때와 같이 정당성이 확보되었을 때 전쟁에 참여합니다. 참전하는 이유에는 군대에 의한 강탈 외에 다른 것도 포함됩니다. 동맹국 상인이 다른 나라에서 불공정한 법 때문에 억압받거나 잘못된 법 적용으로 피해를 보았을 때는 상인의 권리를 보호하기 위해 더 강경한 조처를 하기도 합니다.

우리 일행이 유토피아에 도착하기 직전, 유토피아는 네펠로게트를 지원하기 위해 알레오폴리테스와 전쟁을 벌였는데, 네펠로게트 상인이 알레오폴리테스 사람들에게 법적으로 차별받은 것이 원인이었습니다. 누가 옳은지 그른지를 떠나 인접 국가들이 참전하는 바람에 전쟁이 크게 확산되는 지경에 이르렀습니다. 그 결과, 일부 강대국의 국력이 크게 약해졌으며 많은 나라가 패망 직전까지 가는 상황에 이르렀고, 알레오폴리테스가 여러 차례 재앙을 겪은 후 항복함으로써 전쟁이 끝났습니다. 유토피아는 우방국을 도와 전쟁에 참여했지만 네펠로게트에게 승리국 권한을 양도했으며, 그 결과 네펠로게트가 한때 강대국이었던 알레오폴리테스를 통치하게 되었습니다.

유토피아 사람들은 동맹국이 금전적인 피해를 당했을 때는 적절한 보상을 받을 수 있도록 적극적으로 지원하지만, 정작 자국이 그런 상황에 처했을 때는 매우 관대합니다. 유토피아 상인이 손해를 입어도 신체적인 상해를 당하지 않는 한, 해당 국가와 교역을 중단하는 정도에 그칩니다. 이는 그들이 자국민보다 다른 나라 국민을 우선시해서가 아니라, 자신의 재산으로 교역하는 동맹국 상인은 유토피아와의 거래가 끊기면 개인의 재산을 잃게 되어 그 피해가 커지기 때문입니다. 반면, 유토피아 상인의 경우는 국가의 돈으로 거래하기 때문에 개인적으로 잃는 것이 없습니다. 더욱이 물자 손실을 보아도, 그것은 자국에서 소비하고 남은 잉여 생산물이기 때문에 유토피아 사람들에게 큰 영향을 미치지 않습니다. 따라서 그들은 생명이나 생계에 별다른 불편을 주지 않는 손실 때문에 전쟁을 일으켜 많은 사람을 죽음으로 몰고 가는 것은 너무 가혹하다고 생각합니다.

그렇지만 자국민이 다른 나라에서 억울하게 죽거나 다치면, 그 소식을 접하자마자 조사단을 파견하여 상황을 파악하고 그 나라에 가해자 인도를 요청합니다. 해당 국가가 요청에 응하면 범죄자는 사형이나 노예형에 처하며, 만약 해당 국가가 그 요청을 거부하면 지체 없이 전쟁을 선포합니다. 유토피아 사람들은 피 흘리며 싸운 끝에 얻은 승리는 절대 자랑스러워하지 않습니다. 오히려 괴로워하고 부끄러워합니다. 무엇을 얻든 목숨이라는 호된 대가를 치르는 것은 어리석다고 생각하기 때문입니다. 그들은 피 흘리지 않고 지혜로 얻은 승리를 가장 자랑스럽게 여깁니다. 그런 경우 공식적으로 승리를 치하하는 기념행사를 개최하고 공적을 기리기 위해 기념비를 세웁니다. 다른 피조물은 할 수 없는, 인간만이 가능한 방법으로 상대를 이겼을 때 인간 본성에 맞게 행동했다고 여기기 때문입니다. 곰, 사자, 멧돼지, 늑대, 개와 같은 야생 동물들은 육체의 힘과 사나움으로 상대를 제압하지만 인간은 이성의 힘으로 상대를 굴복시켜야 한다고 생각합니다.

유토피아 사람들이 전쟁을 하는 유일한 목적은 평화로운 수단으로 얻지 못한 것을 힘으로 얻기 위함입니다. 평화로운 수단으로도 여의찮을 때 그들에게 해를 끼친 자들에게 처절하게 복수하여 그들이 앞으로는 절대 그런 일을 할 엄두도 내지 못하게 만드는 것입니다. 이러한 목적에 따라 전쟁에 관련된 모든 계획을 세심하게 점검하는데, 명성이나 명예에 대한 욕구보다 안전에 대한 조심스러움이 그들에게 더 큰 영향을 미친다고 할 수 있습니다.

그래서 유토피아는 전쟁을 선포하면 그 즉시 적국 영토 내에서 눈에 가장 잘 띄는 곳에 유토피아의 인장이 찍힌 많은 벽보를 붙입니다. 이 일은 비밀리에 수행되며 동시다발적으로 이루어집니다. 벽보에는 그 나라 군주를 죽인 자에게 막대한 보상을 약속하고, 군주 측근의 명단이 수록된 데다 그들을 죽이는 자에게는 차등을 두어 보상을 하겠다는 내용이 실려 있습니다. 만약 그들을 죽이지 않고 생포해서 넘기면 보상금은 두 배로 늘어납니다.

동료를 고발한 자에게도 같은 액수를 지급할 뿐 아니라 그의 처벌도 면제됩니다. 결과적으로 적국 사람들은 서로 불신하고 의심하게 되고 공포심과 위기감을 느끼게 되지요. 실제로 군주가 가장 신뢰한 사람에게 배신당하는 경우도 자주 발생합니다. 이는 유토피아가 제시하는 보상액이 너무 크기에 사람들이 쉽게 유혹에 넘어가기 때문입니다. 이는 동료를 배신함으로써 고발자가 겪게 될 위험을 고려해 그에 비례하는 큰 금액을 보상하는 것입니다. 보상에는 막대한 금전뿐만 아니라 안전하게 피신할 우방국에 있는 토지의 소유권도 포함됩니다. 유토피아는 이 보상금에 대한 약속을 신성시할 정도로 철저히 지킵니다.

적을 이렇게 분열시키는 것이 너무 비열하고 잔인한 것처럼 보일 수 있지만, 그들은 이런 식으로 전쟁에서 승리하는 것을 매우 긍정적으로 생각합니다. 이것이야말로 전투를 벌이지 않고도 긴 전쟁을 단숨에 끝낼 수 있는 지혜로운 방법이라고 믿습니다. 또 죄를 지은 자만을 희생시키면 전쟁 도중 희생될 무고한 생명을 죽음에서 구하는 것과 같으므로 심지어는 인간적인 행위라고 여깁니다. 유토피아 사람들은 전쟁에 참여한 아군뿐만 아니라 적군에게도 연민을 느낍니다. 적군 대다수가 자의로 전쟁에 참여하는 것이 아니라 군주의 광기에 이끌려 어쩔 수 없이 전쟁에 참여한다는 사실을 잘 알고 있기 때문입니다.

만일 이 분열 작전이 성공하지 못하면 그들은 적국 군주의 형제나 귀족들에게 불신의 씨앗을 뿌려 왕좌를 노리도록 부추깁니다. 이마저 성공하지 못하면 이웃 국가를 끌어들입니다. 오래전에 빼앗긴 권리를 주장하도록 설득하여 전의를 불타오르게 해서 적국과 대립하게 만드는 겁니다. 이 나라가 전쟁을 수행하게 되면 자금은 넉넉하게 지원하되 소수의 병력만 파견합니다. 유토피아 사람들은 이런 상황에 대비하기 위해 금과 은 등 많은 자금을 확보했기 때문에 절대 아까워하지 않습니다. 사실 그들은 금과 은을 모두 써 버린다고 해도 자신들의 삶에 큰 변화가 없다는 것을 잘 알고 있습니다. 더욱이 국내뿐만 아니라 해외에도 막대한 재산을 소유하고 있으니까요. 앞서 말씀드렸듯이 주변의 많은 나라들이 유토피아에 빚을 지고 있기 때문입니다.

그래서 그들은 주변국에서 용병을 고용하여 전쟁을 수행하도록 하는데, 주로 유토피아에서 동쪽으로 800킬로미터 정도 떨어진 곳에 사는 자폴레트족Zapolets을 선호합니다. 그들은 야만적이고 잔혹하면서 사나운 민족이지요. 험준한 산악지대에서 사는데, 그곳에서 나고 자랐기 때문에 더위와 추위에 강하고 심한 노동에도 잘 견딥니다. 하지만 삶을 즐길 줄 모르며, 대부분 농사를 짓지 않고 집이나 옷에 별로 신경을 쓰지 않습니다. 기껏해야 가축을 돌보는 것이 유일한 일이며 사냥이나 노략질을 통해 생계를 유지합니다. 이 민족은 늘 전쟁에 참여할 기회를 찾고 있다가 기회가 생기면 흔쾌히 받아들입니다. 남자들 대다수가 적은 봉급을 받더라도 외국으로 나가서 용병 생활을 하고 싶어 합니다. 그들은 삶의 기술은 알지 못하지만 남의 목숨을 빼앗는 기술은 잘 알고 있습니다.

이들은 자신을 고용한 사람을 위해 매우 충성스럽게 성심껏 싸우지만, 이 태도가 언제까지 지속될지는 보장할 수 없습니다. 고용 기간이 정해져 있지 않기 때문입니다. 적국에서 더 많은 돈을 지급하면 당장 다음 날 적국에 가담하고, 원래 몸담았던 나라에서 더 많은 돈을 준다면 그다음 날 머뭇거림 없이 돌아옵니다. 이 때문에 전쟁 중인 부대에서 자폴레트족이 없는 경우를 찾아보기 힘들 정도지요. 그래서 같은 군대에 들어와 친분을 유지하며 지내다가 나중에 적으로 만나 서로 죽이는 일이 자주 발생합니다. 이때 그들은 이전의 관계는 잊어버리고 마치 원수를 만난 것처럼 상대의 목을 베느라 여념이 없습니다. 이렇게 단 몇 푼 차이로 그들의 관계는 쉽게 바뀝니다. 그들은 쉽게 편을 바꿀 정도로 돈에 대한 애착이 강합니다. 그들은 이처럼 탐욕을 부리지만 실제로는 남는 것이 별로 없습니다. 그렇게 피 흘려 번 돈을 방탕한 생활을 하면서 흥청망청 모두 써 버리기 때문입니다.

유토피아가 용병에게 가장 많은 돈을 지급하기 때문에, 자폴레트족은 그런 유토피아를 위해서라면 누구와도 기꺼이 싸웁니다. 유토피아 사람들은 좋은 일을 하기 위한 적임자를 잘 찾는 것만큼이나 나쁜 일을 하기에 적합한 사람도 잘 찾아내지요. 그래서 전쟁이 필요할 때는 엄청난 보상을 약속하고 자폴레트족을 처절한 전쟁에 투입합니다. 그러나 대다수가 보상금을 챙기지 못하고 사망하는 경우가 많습니다. 그중에 살아 돌아온 자들에게는 신성하게 그들과의 약속을 이행합니다. 이는 그들에게 다시 전쟁의 위험을 감수할 만한 가치가 있다는 생각이 들도록 하며, 유토피아가 필요할 때마다 이들을 활용할 수 있게 해 줍니다. 그들은 전쟁 때문에 자폴레트족 대다수가 죽어도 크게 신경 쓰지 않습니다. 오히려 극악무도한 사람들을 없애는 것이 인류를 위해 봉사하는 것이라고 여깁니다.

유토피아는 이들 이외에도 동맹국이나 우방국의 병력을 활용합니다. 그리고 최종적으로 유토피아에서 탁월하고 덕망 있는 것으로 검증된 사람 중 한 명을 최고사령관으로 임명합니다. 그리고 다른 두 명이 최고사령관과 동행하는데, 이는 최고사령관이 부재 시 그의 자리를 대신하도록 하기 위함입니다. 물론 사령관에게 문제가 없을 시에는 다른 병사들과 같은 임무를 수행합니다. 사령관이 전사하거나 적에게 포로로 잡혔을 때, 그중 한 명이 사령관의 자리를 대신하고 그마저 잘못되면 남은 사람이 그를 대신하여 군대를 지휘합니다.

이렇게 함으로써 지휘관에게 문제가 생겨도 부대 전체가 위험에 빠지지 않을 수 있습니다. 유토피아 자국의 군대는 각 도시에서 자원한 시민들로 구성됩니다. 이들은 해외 전투에 참여하도록 강요받지 않습니다. 심약한 사람이 강제로 전쟁에 참여하게 되면 전쟁에 도움을 주는 것은 고사하고 군대의 사기를 떨어뜨린다고 생각하기 때문입니다.

유토피아가 침략당하면 심약한 자들도 어쩔 수 없이 전쟁에 동원되는데, 이들은 전함에 태워지거나 도시의 성벽에 배치됩니다. 그렇게 하면 도주할 수 없기에 비겁함을 억누르고 공포심을 극복하여 영웅처럼 전투에 임하게 되지요. 누구도 외국으로의 파병을 강요받지 않는 것과 마찬가지로, 여성도 자신이 원하면 남편과 함께 전쟁에 참여할 수 있습니다. 이 경우, 남편과 같은 전선에 배치됩니다. 또 본질적으로 서로를 적극적으로 도울 수 있는 관계에 있는 부모와 자식, 친척, 동족 등 혈연이나 혼인으로 맺어진 사람들도 같은 곳에 배치합니다. 배우자를 잃거나 부모와 자식 중에서 한쪽만 살아남는다면 큰 비난을 받게 되므로 적을 물리치기 위해 최후의 순간까지 싸우게 될 테니까요.

가능한 한 용병이 전쟁을 수행하도록 하지만, 유토피아 사람이 전쟁에 참여하게 되면 현명하게, 최대한 신중하고 용맹스럽게 적과 맞섭니다. 처음에는 용감하게 싸우지 못하더라도 시간이 지남에 따라 강인한 면모를 갖추고 나중에는 항복할 바에는 차라리 죽음을 택하겠다는 결연한 의지를 보입니다. 사실 가족의 생계와 미래에 대한 걱정이 병사들의 사기를 저하하는 가장 큰 원인이지요. 하지만 유토피아에서는 가장이 없어도 가족이 충분히 먹고살 수 있고 자녀의 장래도 보장되어 있으니 병사들은 크게 걱정하지 않습니다.

군사적인 숙련도는 병사들의 용기를 배가시키고, 어릴 때부터 의무 교육을 통해 주입된 건전한 사상은 병사들을 더욱 강인하게 만듭니다. 유토피아 사람들은 생명을 경시하지는 않지만 자신의 의무를 저버리고 사는 것은 수치스럽게 생각합니다. 전투가 치열하게 전개되면 용감하고 헌신적인 젊은 병사를 차출하여 적의 장군을 찾아내 공격합니다. 정면으로 공격하든 매복을 통해 공격하든, 가능한 방법을 총동원하여 그를 추격합니다. 가까운 거리에 있으면 근접 무기를, 먼 거리에 있으면 원거리 무기를 사용하면서 멈추지 않고 공격합니다. 이 병사들이 지치면 새로운 병사들로 교체합니다. 결국 적장은 가까스로 도망쳐 목숨을 건지지 않는 한, 거의 사살되거나 포로가 됩니다.

그들은 승리를 거두었다고 해서 적을 함부로 죽이지 않습니다. 도주하는 적을 죽이기보다는 생포해서 포로로 삼습니다. 적을 추격할 때도 절대로 전열이 흐트러지는 법이 없습니다. 이는 과거에 자신들이 사용한 작전을 잘 기억한 결과입니다. 예전에 유토피아의 주력부대가 크게 패했을 때 전투력이 상실되었다고 생각한 적군이 방심한 상태로 밀고 들어온 것을 예비부대가 급습해서 전세를 역전시킨 적이 있습니다. 그 결과 확실하고 의심할 여지없는 적의 승리를 빼앗는 데에 성공했지요. 그들이 기습 공격에 더 능한 건지 아니면 기습 공격 대비에 더 능한 건지는 판단하기 어렵습니다. 그들은 후퇴해도 진짜 의도를 알기 힘듭니다. 하지만 실제로 후퇴해도 절대 후퇴하는 것처럼 보이지 않습니다. 만약 수적으로 열세이거나 지형적인 조건이 불리하다고 판단되면, 어두운 밤을 틈타 진지에서 물러나거나 적군을 속여 조용히 퇴각하는 식입니다. 그러나 낮에 철수할 때는 대형을 유지하면서 조심스럽게 천천히 이동하기 때문에 섣불리 그들을 공격하는 것은 매우 위험합니다.

유토피아 병사들은 항상 주둔지 주변에 큰 참호를 만들고 파낸 흙으로 옹벽을 쌓습니다. 이 일에는 노예뿐만 아니라, 경비병을 제외한 모든 병사가 참여합니다. 많은 인력이 동원되어 믿기 어려울 만큼 짧은 시간에 크고 튼튼한 요새를 완성합니다. 그들의 갑옷은 적의 공격을 효과적으로 막을 수 있을 정도로 튼튼하지만 무겁지 않아서 움직일 때 불편함이 없습니다. 심지어는 갑옷을 입고 수영까지 할 수 있습니다. 실제로 그들은 훈련할 때 갑옷을 입고 수영 연습을 합니다.

병사들은 주로 활을 사용하는데, 기병과 보병 모두 아주 훌륭한 궁사입니다. 칼은 사용하지 않지만 묵직하고 예리한 전투용 도끼를 사용하여 적을 내려찍거나 찌릅니다. 새로운 무기를 만드는 데 아주 능하며, 운반의 용이성과 조작의 편리함에 중점을 둡니다. 하지만 실전에서 사용하기 전까지는 철저하게 숨깁니다. 적군이 미리 알고 대비하면 신무기가 무용지물이 될 테니까요.

유토피아 사람들은 상대와 휴전 협정을 맺으면 철저히 준수합니다. 상대국이 도발하는 상황이 발생해도 웬만하면 파기하지 않습니다. 그리고 적의 영토를 황폐하게 만들거나 농작물을 불사르지도 않습니다. 행군할 때도 말이나 병사가 함부로 밭을 밟지 않도록 각별하게 조심하는데, 이는 자신들이 나중에 그 밭을 활용하는 상황이 생길 수도 있기 때문입니다. 그들은 첩자가 아닌 이상 무장하지 않은 사람을 절대 해치지 않습니다. 항복한 도시는 보호해 주며, 어떤 지역을 습격해서 수중에 넣더라도 그곳 주민을 약탈하지 않습니다. 다만 항복을 거부하거나 이를 부추

긴 자는 사형에 처하며, 저항만 한 사람들은 노예로 삼습니다. 그중 투항을 권고한 자가 있으면 사형이나 노예형에 처한 자들의 재산 중 일부를 떼어 주고, 나머지는 그들의 동맹군에게 분배합니다. 하지만 그들은 전리품을 전혀 챙기지 않습니다.

전쟁이 끝나면 유토피아 사람들은 자신들이 지원한 나라에 그들의 전쟁 경비를 징수하지 않고 정복한 나라로부터 배상금을 받아 경비를 충당하거나 그 나라의 땅에서 나오는 수입을 고정적으로 거두어들입니다. 이런 식으로 여러 나라에서 얻은 수입이 현재 70만 두카트(과거 유럽 여러 국가에서 사용된 금화 - 역자)가 넘습니다. 그들은 이 돈을 징수하기 위해 자국민을 그 나라에 파견하는데, 파견된 관리는 왕처럼 호화롭게 살라는 명령을 받고 그 돈의 대부분을 현지에서 소비합니다. 그러고도 남은 돈은 유토피아로 가져오거나 그 나라에 도로 빌려줍니다. 남은 배상금을 한 번에 상환하라고 요구할 만큼 큰일이 발생하지 않는 한, 배상금을 고정적으로 조금씩 징수하는 것이 일반적입니다. 그리고 앞에서 말씀드렸듯이 위험을 무릅쓰고 투항을 권고한 자들에게는 보상해 줍니다.

만약 어떤 나라가 유토피아를 침략하기 위해 준비하고 있다면, 그들은 적군이 국경에 도착하기 전에 일찍이 물리치기 위해 많은 병사를 즉시 파견합니다. 이는 자국의 영토를 전쟁터로 만들지 않기 위함이며, 동맹국이라 할지라도 다른 나라 군대가 유토피아 섬에 들어오는 것을 꺼리기 때문입니다.

유토피아의 종교

유토피아에는 지역별로 다양한 형태의 종교가 있습니다. 어떤 사람들은 태양을 숭배하고 또 어떤 사람들은 달이나 별을 숭배합니다. 과거에 훌륭한 미덕을 실천하고 명예를 드높인 인물을 신으로 떠받들거나 최고의 신으로 섬기는 사람들도 있습니다. 그러나 더 현명하고 훌륭한 사람들은 앞에서 말한 어떤 존재도 숭배하지 않으며, 보이지 않지만 모든 존재 위에 있으며 인간으로서는 이해 불가한 유일신만을 믿습니다. 그 신은 온 우주에 퍼져 있으며 물질이 아닌 힘과 덕의 형태로만 존재합니다. 그들은 오직 그 신을 진정으로 신성한 존재라고 여기고 '만물의 아버지'라고 부르며, 이 세상 삼라만상의 시작, 성장, 발전, 변화, 종말이 그분에게 달려 있다고 생각합니다.

유토피아 사람들은 믿는 종교가 제각기 달라도 우주를 관장하는 존재가 오로지 한 분이라는 점에는 모두 동의합니다. 즉, 그들은 세상을 만들고 다스리는 최고의 존재가 있다고 생각하며, 그를 유토피아 말로 '미트라Mithra'라고 부릅니다. 어떤 사람은 자신이 숭배하는 신이 이 최고의 존재라고 생각하고 또 다른 사람은 자신의 우상이 그 존재라고 생각하지만, 실제로 그가 누구든 모든 영광과 위엄이 그에게 귀속되어야 한다는 사실에는 이견이 없습니다.

그들은 미신과 같은 신앙을 점진적으로 없애면서 가장 합리적이고 많은 사람이 믿을 수 있는 종교로 통합하고 있습니다. 만약 누군가가 개종할 때 닥친 악운을 버림받은 신이 내린 벌이라 생각하지 않고 우연의 일치라고 여겼다면 그 많은 미신 같은 잡다한 종교들은 진작 자취를 감추었을 겁니다.

우리 일행은 유토피아 사람들에게 예수 그리스도의 삶과 교리, 그가 행한 기적에 관해 설명하고, 수많은 순교자가 피를 흘려 헌신한 덕분에 여러 국가에 그리스도교를 전파했다는 말도 했습니다. 우리의 설명을 듣고 많은 사람이 그리스도교로 개종하기를 바라는 것을 보고 우리는 무척 놀랐습니다. 이것이 하나님의 은밀한 감화 때문인지 아니면 그들의 종교들과 유사했기 때문인지는 확실치 않지만, 그들이 매우 특별하고 소중하게 여기는 재화 공동체 사상을 그리스도교의 교리와 유사하게 인식했기 때문으로 생각됩니다. 이유가 무엇이든 적지 않은 사람들이 그리스도교로 입교하고 세례도 받았습니다.

그들은 성사에 대해 잘 이해하고 있었기 때문에 성사를 받기를 간절히 바랐습니다. 원래 우리 일행은 6명이었는데 2명이 죽고 4명이 남아 있었습니다. 하지만 안타깝게도 그중에 사제가 없었지요. 그래서 그들은 사제 없이는 행할 수 없는 성사는 받지 못하고 세례를 받는 것에만 만족해야 했습니다. 당시 그들은 자기네 중 사제를 선출하여 사제 역할을 하도록 하는 것이 어떤가에 대해 열띤 토론을 했습니다. 자체적으로 사제를 선출하기로 합의했지만, 제가 유토피아를 떠날 때까지는 선출되지 않았습니다. 지금은 어떻게 되었는지 잘 모르겠군요.

물론 그리스도교를 받아들이기를 거부하는 사람들도 있었습니다. 그렇다고 그들은 그리스도교로 개종하는 것을 금지하거나 비판하지 않았습니다. 그러나 단 한 번, 제가 그곳에 있을 때 한 사람이 처벌받은 것을 보았습니다. 우리가 그렇게도 만류했는데, 그는 세례를 받고 나서 지나친 열정으로 인해 공개적으로 그리스도교를 전도했던 겁니다. 그리스도교를 우월한 종교로 생각하고 다른 종교의 의식을 불경하다고 비난했습니다. 다른 종교를 따르는 사람들은 신성을 모독하기 때문에 영원한 지옥의 불 속에서 태워지는 벌을 받아야 한다고 주장했습니다. 결국 그는 체포되었고 재판 끝에 추방형을 선고받았습니다. 그런데 죄명은 그들의 종교를 깎아내렸다는 것이 아니라 공공질서를 어지럽혔다는 것이었습니다. 이떤 누구도 종교를 이유로 처벌되어서는 안 된다는 오랜 원칙 때문입니다.

이는 유토푸스가 이 땅에 온 이후부터 계속 지켜온 원칙입니다. 그가 이 섬에 왔을 때 원주민들은 오래전부터 종교 문제로 인해 극심한 갈등을 겪고 있었습니다. 갈등과 다툼이 끊이지 않았고 분열되어 있었기 때문에 그들을 정복하기가 쉬울 것으로 생각했습니다. 그 땅을 정복한 후에야 그는 모든 사람이 자신이 원하는 종교를 가질 수 있도록 하는 법을 만들었습니다. 논쟁을 통해서만 우호적이고 겸손한 방식으로 다른 사람을 개종시킬 수 있도록 하였습니다. 하지만 다른 사람을 설득하는 데 실패했을 때 상대를 비난하거나 무력을 사용해서는 안 된다고 했습니다. 이를 위반하면 추방형이나 노예형으로 정죄한다고 규정했습니다.

유토푸스가 이 법을 제정한 것은 일상적인 논쟁과 반목으로 인해 파괴된 질서를 바로잡기 위해서뿐만 아니라 각 종교를 위해서도 필요하다고 판단했기 때문입니다. 그는 경솔하게 어떤 종교가 옳다고 단정하지 않았습니다. 다양한 형태의 종교가 다양한 방식으로 인간에게 영감을 주도록 의도한 것은 신이기 때문에, 신이 이런 상황을 기뻐할 것으로 생각했습니다. 또한 누군가가 다른 사람으로 하여금 특정 종교를 믿도록 위협하고 강요하는 것은 참으로 어리석고 오만한 행동이라고 판단했습니다. 진정한 종교는 오직 하나뿐이고 그 외의 종교는 모두 헛된 것이라고 가정할 때, 온화하고 합리적인 방식으로 논의하다 보면 결국에는 진리의 고유한 힘이 자연스럽게 드러나고 밝게 빛나리라 생각한 것이지요. 곡식보다 잡초나 가시덤불이 더 잘 자라듯, 폭력적이고 강압적인 상황에서는 사악한 미신들이 득세하고, 거룩하고 훌륭한 종교가 이들에 의해 밀려날 것이라고 믿은 겁니다.

그러므로 유토푸스는 종교에 대해 사람들이 자유롭게 자신이 타당하다고 생각하는 것을 믿도록 했습니다. 다만 인간 본성의 존엄성에서 벗어나 우리의 영혼이 육체와 함께 소멸한다거나 세상이 우주의 섭리가 아닌 우연한 힘으로 지배된다고 믿는 종교는 법으로 엄격하게 금지했습니다. 그래서 유토피아 사람들은 죽은 후에 선한 자는 상을, 악한 자는 벌을 받는다고 믿습니다.

그들은 그렇게 생각하지 않는 자는 인간 취급을 하지 않습니다. 인간의 영혼과 같은 고귀한 존재를 하찮게 생각하는 자는 짐승과 다를 바가 없다고 생각합니다. 그런 자들은 인간 사회, 특히 잘 조직된 유토피아의 시민으로 적합하지 않다고 여깁니다. 이들은 품격이 낮고 경멸해야 할 인간으로 취급받습니다. 죽음 이후 상황에 대해서는 생각하지 않기 때문에 법에 따른 처벌 외에는 두려운 것이 없으며, 개인의 이익을 위해서라면 자기 생각을 감추고 남을 속일 것이 확실하기 때문입니다. 따라서 대중의 존경과 신뢰를 받는 공적 자리에 임명되지 않으며 공적 책임 또한 부여받지 않습니다. 그러나 그들에게 법적 책임은 묻지 않습니다. 인간은 자기가 원하면 어떤 것이든 믿을 수 있다는 원칙 때문입니다. 이렇게 유토피아 사람들은 다른 사람에게 생각을 바꾸라고 강요하지 않습니다.

일반 대중에게 자신의 견해를 강요하는 것은 불법이지만, 개인적으로 성직자나 지식인 앞에서 자기 생각이 옳다는 것을 입증하기 위해 논증하는 것은 허용될 뿐만 아니라 오히려 권장되기까지 합니다. 그런 자들은 합리적인 논쟁을 통해 그들의 광기가 치유될 것이라고 믿기 때문입니다. 유토피아에는 일반적인 유토피아 사람들과 완전히 다른 생각을 하는 사람들도 상당히 많습니다. 그들은 동물이 탁월함에 있어 인간에 미치지 못하기에 행복을 누릴 수 없지만, 인간과 마찬가지로 불멸의 영혼을 가지고 있다고 생각합니다. 하지만 이러한 견해는 유해하거나 불합리한 것이라고 여겨지지 않기 때문에 전혀 문제가 되지 않습니다.

유토피아 사람들에게는 사후에 무한히 행복해질 수 있다는 절대적인 믿음이 있습니다. 그러므로 병에 걸린 것에 대해서는 안타까워하지만, 본인이 삶에 애착을 보일 때를 제외하고 죽음에 대해 크게 슬퍼하지 않습니다. 그들은 죽기 싫어하는 것을 좋지 않다고 여깁니다. 자신의 죄를 의식하고 곧 닥칠 형벌에 대한 불길한 예감 때문에 죽음에 대한 공포가 생긴다고 생각하기 때문입니다. 신의 부름에 흔쾌히 가지 않고 물러서면서 끌려가다시피 가면 신이 절대 반겨 주실 리 없다고 생각합니다. 그래서 죽기 싫어하는 자가 유명을 달리하면 침묵과 슬픔으로 장례를 치르고 떠난 영혼의 잘못에 자비를 베풀어달라고 신께 기도하면서 시신을 땅에 묻습니다.

그러나 희망이 충만한 채 기꺼이 죽음을 맞이한 자에 대해서는 슬퍼하지 않고 성가를 부르면서 시신을 옮기고 그의 영혼을 신께 맡깁니다. 슬퍼하기보다는 차분하고 엄숙하게 시신을 화장한 다음, 그 자리에 기둥을 세우고 죽은 자의 명예를 기리는 비문을 새깁니다. 장례식을 마치고 돌아온 후에는 그의 훌륭한 삶과 가치 있는 행동에 관해 이야기하지만, 고인이 평온한 상태로 죽음을 맞이했다는 사실이 가장 유쾌한 이야깃거리가 됩니다.

유토피아 사람들은 고인의 훌륭한 삶에 관해 이야기하고 되새깁니다. 이를 통해 그의 생애가 남아 있는 사람들의 삶의 모범이 될 수 있으며, 이것은 고인에게 바칠 수 있는 최고의 추모로 여겨집니다. 비록 눈에는 보이지 않지만 고인이 이 이야기를 함께 듣고 있다고 믿기 때문입니다. 그들은 떠난 영혼의 완벽한 행복은 자유롭게 행동하는 것이며, 살아 있을 때 서로를 진심으로 사랑했다면 세상을 떠났어도 친구들을 보고 싶다는 생각이 사라지지 않을 것이라고 믿습니다. 게다가 선한 사람이 품는 애정은 사후에 줄어들지 않고 커진다고 확신하기 때문에 고인이 계속해서 살아 있는 사람들 사이에 있으면서 그들의 말과 행동을 하나하나 지켜보고 있다고 생각합니다. 조상이 자신을 보호해 준다는 생각은 자신감을 갖고 일상에 임할 수 있게 하며, 이 조상의 존재는 사람들이 은밀하게 나쁜 짓을 꾸미지 못하게 만듭니다.

유토피아 사람들은 다른 많은 나라에 만연한 점술이나 황당한 신비주의적 접근 방식을 경멸하지만 초자연적인 현상에 대해서는 경외심을 갖습니다. 그런 현상을 최고의 존재와 그의 능력에 대한 증거로 간주하며, 그 현상이 유토피아에서도 자주 일어난다고 말합니다. 실제로 나라의 위급한 상황에서 신이 들을 것이라는 확신으로 엄숙하게 기도했을 때 기적적인 응답이 있었다고 합니다.

그들은 자연 속에서 묵상하고 신을 경배하는 것이 신을 기쁘게 하는 일이라고 생각합니다. 그래서인지 종교적인 이유에서 학문에 대한 배움과 연구에 전념하지 않는 사람들이 꽤 많습니다. 그렇다고 해서 그들이 빈둥거리거나 게을리 사는 것은 아닙니다. 오히려 쉬지 않고 끊임없이 선행을 해야 자신이 죽은 뒤에 행복이 찾아올 것이라고 믿습니다. 어떤 이들은 병자를 돌보고, 도로를 보수하고, 도랑을 청소하고, 다리를 보수하고, 잔디에서 자갈이나 돌을 골라냅니다. 또 어떤 이들은 나무를 베어 다듬고 목재와 곡물을 도시로 운반하는 일을 합니다. 이 사람들은 국가를 위해 봉사하고 다른 사람에게 도움을 주기 위해 노예보다 더 많이 일합니다. 보통 사람들이 너무 힘들고 어려워서, 혹은 혐오스럽고 두렵기 때문에 꺼리는 일들도 선한 마음으로 기꺼이 합니다. 그들은 이렇게 사람들을 위해 일하지만 그에 대한 대가를 바라지 않습니다. 다른 사람의 명성을 깎아내리고 자신의 명성을 높이려고도 하지 않습니다. 그들은 남을 위해 궂은일을 하지만 멸시받지 않고 사람들로부터 많은 존경을 받습니다.

　이런 사람들은 두 부류로 나뉩니다. 한 부류는 독신주의자로, 금욕적인 생활을 하고 성관계를 맺지 않을 뿐만 아니라 육류도 먹지 않습니다. 현세의 모든 쾌락을 해롭다고 여기고 가능한 한 힘들고 고통스러운 방법으로 내세의 복을 추구합니다. 자신의 소망이 곧 이루어질 것이라는 희망을 품고 성실하게 살아갑니다. 다른 부류는 결혼한 상태에서 많은 노동을 하는 사람들입니다. 결혼이 주는 즐거움을 부정하지 않으며, 자녀를 낳는 것은 인간의 본성일 뿐 아니라 국가가 부여한 의무라고 생각합니다. 그들은 노동을 방해하지 않는 쾌락은 피하지 않습니다. 또 육류를 기꺼이 먹는데, 그럼으로써 더 많은 일을 할 수 있는 체력을 갖출 수 있다고 생각하기 때문입니다. 유토피아 사람들은 경건한 측면에서는 첫 번째 부류의 사람들이 더 우월하다고 생각하지만, 합리적인 측면에서는 두 번째 부류의 사람들이 훨씬 낫다고 여깁니다.

　만약 누군가가 이성적인 판단에 따라 결혼하지 않고 미혼 상태를 선호하거나 쉬운 삶보다 노동하는 삶을 선호한다면 조롱의 대상이 되지만, 종교적인 동기에 의해 그런 삶을 택했다면 모두 그에게 존경심과 경외심을 표합니다. 그들은 종교적인 문제에 있어서 섣부른 판단을 하지 않기 위해 최대한 조심스럽게 접근합니다. 이렇게 힘든 삶을 사는 사람들은 부르세스카Brutheskas라고 불리는데, 이는 우리말로 '경건한 자'로 번역할 수 있습니다.

유토피아의 사제는 매우 신앙심이 깊은 사람들로 극소수입니다. 일반적으로 도시마다 열세 명의 사제가 있으며 한 명씩 교회를 책임집니다. 그러나 전시에는 열세 명 중 일곱 명이 전쟁터에 나가게 되고 일곱 명의 임시 사제가 새로이 임명되어 한시적으로 그 자리를 대신합니다. 그리고 나중에 전장에 나갔던 사제들이 돌아오면 본래의 자리로 돌아갑니다. 또 대사제는 기존 사제 중 한 명이 되는데, 사제를 보좌하던 이들 중 한 명이 그 빈자리를 대신합니다. 기존의 사제가 사망함으로써 생긴 공석도 같은 방식으로 계승합니다. 원하는 사람은 자기 차례가 될 때까지 계속 최고 사제를 보좌하면서 지낼 수도 있습니다.

사제는 행정관과 마찬가지로 시민들의 비밀 투표에 의해 선출됩니다. 이는 유권자들에게 압력이 있을 것을 사전에 방지하기 위함이며, 선출되면 사제단에서 거행하는 신성한 의식을 거친 후 사제로 임명됩니다. 그들은 예배를 주관하고 신을 숭배하는 일을 합니다. 이뿐만 아니라 시민들의 품행에 대한 감독도 그들에게 맡겨지는데, 사람들은 행동이 바르지 못한 이유로 사제에게 불려 가는 것을 매우 수치스럽게 생각합니다.

사제가 주로 하는 일은 대중을 훈계하고 선도하는 것입니다. 악인을 교화하거나 처벌하는 권한은 전적으로 시장과 행정관에게 있지만, 사제는 극도로 악한 자라고 판단되는 사람을 예배에 참석하지 못하게 할 수 있습니다. 이는 그 사람에게 불명예라는 짐을 지울 뿐만 아니라 사후에 받게 될 벌에 대한 공포심을 안겨주기 때문에 유토피아 사람들은 이를 가장 무서운 처벌이라고 여깁니다. 그들의 육신 또한 오랫동안 괴로움을 겪게 될 수 있는데, 사제에게 회개했다는 것을 입증하지 못하면 최고의회에서 불경죄로 처벌되기 때문입니다.

사제들은 아이들의 교육도 담당합니다. 그들은 학문뿐만 아니라 정신 교육과 예절 교육도 매우 중요하게 여깁니다. 가능한 모든 방법을 동원하여 아이들의 유연한 정신에 그 자체로 선하고 국가에 도움이 될 만한 생각을 조기에 심습니다. 이렇게 어릴 적부터 마음속 깊이 자리 잡은 생각은 어른이 되어서도 유지되기 때문에 그릇된 생각에서 비롯된 부패를 막고 나라의 안전에도 크게 기여합니다.

사제의 아내는 이 나라에서 가장 특출한 여성이라고 할 수 있습니다. 여성 사제가 선출되는 일도 있지만, 대부분 나이 많은 과부가 선출됩니다. 사제직은 어떤 공직보다 명예로운 자리입니다. 그래서 사제는 어떤 범죄를 저지르더라도 심문받지 않으며 사제의 형벌은 오직 신과 자신의 양심에 따라 결정됩니다. 신께 바쳐진 사람에게 인간이 손을 대는 것은 타당하지 않은 데다 그들은 아주 신중하게 선택되었으며, 그 수 또한 워낙 적기 때문입니다. 시민들은 이에 대해 큰 불만이 없습니다. 오로지 고결한 성품에 의해 존엄한 자리에 오른 사람이 악행을 저지를 가능성이 극히 낮다고 생각하기 때문이지요. 물론 인간의 본성은 예측 불가하나 사제들의 권위는 사람들의 존경심에서 비롯된 것이기 때문에 그 점이 대중에게 미치는 영향은 크지 않습니다.

사제의 수가 적은 이유는 그 수가 적어야 높은 권위를 부여받은 사제직의 가치가 유지된다고 생각하기 때문입니다. 실제로도 직분에 어울리는 존엄한 품성을 지닌 사람을 찾는 것은 쉽지 않다고 합니다. 유토피아의 사제들은 이웃 나라 사람들에게도 크게 존경받습니다. 이는 전쟁터에서 벌어지는 상황을 보면 잘 알 수 있습니다. 유토피아 사람들이 전투에 임할 때, 전쟁터에 함께 간 사제들은 신성한 예복을 입고 전장에서 멀지 않은 곳에서 무릎을 꿇고 하늘을 향해 손을 들어 처음에는 평화를 위해, 그다음에는 자국의 승리를 위해 기도합니다. 특히 어느 쪽도 많은 피를 흘리지 않기를 기원합니다. 자국의 승리가 확정되었을 때는 전장 한가운데 뛰어들어 아군이 필요 이상으로 분노하는 것을 억제하려고 합니다. 만약 적군 중 누구라도 그들을 보고 부르면 그 자체만으로도 구원받을 수 있으며 흘러내린 사제의 옷자락만 잡아도 생명은 물론 개인의 재산까지 보호받게 됩니다. 사제들은 자국의 병사 못지않게 적군의 병사도 보호해 주기 때문에 주변의 모든 나라 사람으로부터 존경받을 수 있는 겁니다.

유토피아 군대가 수세에 몰려 전면적으로 퇴각하는 상황에서 그들은 더 많은 능력을 발휘한 것으로 알려져 있습니다. 추격하는 적군이 분노에 차서 학살과 약탈을 벌이려고 할 때 사제들이 개입하여 살육을 중단시키고 휴전 논의에 들어가도록 유도했습니다. 그들의 중재로 인해 매우 합리적인 조건으로 평화 조약이 체결되었으며, 그 후로 어떤 잔인하고 야만적인 민족들조차 그들을 신성불가침하고 거역할 수 없는 존재로 여겼습니다.

유토피아 사람들은 매월 첫째 날과 마지막 날, 그리고 매년 첫째 날과 마지막 날에 축제를 개최합니다. 일 년을 여러 달로 나누는데 달의 움직임 주기에 따라 한 달을 정하고, 태양의 움직임에 따라 일 년을 정합니다. 한 해의 첫 번째 날이자 그달의 첫날을 키네메르네스Cynemernes라고 부르고, 마지막 날을 트라페메르네스Trapemernes라고 부르는데, 우리 언어로 번역하면 새해의 첫날과 마지막 날이라는 뜻입니다.

유토피아의 교회는 매우 화려하고 웅장합니다. 앞에서 말씀드린 것처럼, 교회 수가 적기 때문에 많은 사람을 수용하기 위해 규모가 아주 큽니다. 교회 내부는 다소 어두운 편인데 이는 건축상 결함이 아니라 의도적인 것으로 보입니다. 빛이 너무 밝으면 사제들의 정신이 흐트러지기에, 빛이 희미해야 정신의 숭고함을 유지하여 예배에 집중할 수 있다고 생각했기 때문입니다.

유토피아에는 다양한 종교가 있지만, 접근 방식이 다를 뿐 신성한 존재를 숭배한다는 주된 목적은 같습니다. 그렇기에 교회에서는 다른 종교들의 신념에 벗어나지 않는 의식과 설교만 거행됩니다. 종파 고유의 의식은 각자의 집에서 수행하며, 공동 예배는 다른 종파의 의식을 훼손하지 않는 방식으로 거행합니다. 교회에는 특정한 신상을 두지 않으며 사람들은 자기 종교의 신조에 맞는 신의 모습을 마음속에 떠올립니다. 앞에서 언급한 것처럼 그들은 각자의 신을 공통으로 '미트라'라고 부르는데, 이는 누구나 신성한 존재를 말할 때 일반적으로 사용하는 용어입니다. 그리고 교회에서는 다른 종파를 침해하지 않는 사람들이 함께 할 수 있는 기도만 허용됩니다.

그들은 마지막 축일 저녁에 금식 상태로 교회에 가서 한 해 또는 한 달을 무사히 보낼 수 있게 해 준 신께 감사의 기도를 올립니다. 새롭게 시작하는 다음 날에는 아침 일찍 성전에 모여 다음 한 해 또는 한 달 동안 별 탈 없이 잘 지내게 해 달라고 신께 기도합니다. 마지막 축일에는 교회에 가기 전에, 각자의 집에서 아내는 남편 앞에, 자녀는 부모 앞에 무릎 꿇고 자신의 의무를 다하지 못했거나 잘못한 일을 고백하고 용서를 구합니다. 가정에 불화를 가져올 수 있는 사소한 불만까지 모두 털어냄으로써 순수하고 깨끗한 마음으로 신성한 예배에 참여할 수 있게 됩니다.

그들은 누군가에게 증오나 분노를 품은 채 의식에 참여하는 것을 매우 불경스럽다고 생각합니다. 그래서 모든 불만을 해소하기 전까지는 교회에 가지 않습니다. 교회에 도착하면 남자는 오른편, 여자는 왼편으로 들어갑니다. 집안에서 가장 나이가 많은 남성이 남자들 맨 뒤에 앉고, 나이가 가장 많은 여성이 여자들 뒤에 앉아 보호자 역할을 합니다. 이렇게 하면 집안 어른들이 공공장소에서 가족들의 행동을 지켜볼 수 있습니다. 또 아이들 옆에는 항상 나이가 많은 사람이 앉습니다. 아이들끼리 앉으면 서로 어울려 장난하느라 신에 대한 경외심을 가질 수 있는 시간을 헛되이 보낼 수도 있기 때문입니다.

유토피아 사람들은 절대로 살아 있는 동물을 제물로 바치지 않습니다. 온 세상 만물에 생명을 부여한 신이 자신이 창조한 피조물의 죽음을 기뻐하지 않으리라 생각하기 때문입니다. 예배를 드리는 동안에는 향을 피우거나 다른 감미로운 향료를 태우고 많은 흰색 양초로 불을 밝힙니다. 물론 신께 단순히 향기로운 향과 밝은 촛불을 바친다는 것은 아니며, 사람들로 하여금 이 같은 행위를 신을 접하기 위한 일종의 의식으로 생각하게 하여 정신을 고양하고 예배 중에 더 적극적으로 참여하게 하기 위함입니다.

사람들은 교회에 올 때 모두 흰색 옷을 입습니다. 그리고 사제는 화려하고 다양한 색상의 예복을 입습니다. 예복은 금실이나 보석으로 치장되어 있지 않고 값싼 재질로 만들어졌으며, 각종 새의 깃털로 장식되어 있습니다. 사제의 옷은 비싸지 않지만 아주 값비싼 재질로 만든 그 어떤 옷보다도 예술적 가치가 높습니다. 특별한 패턴에 따라 배치된 새의 깃털들은 마치 일종의 상징처럼 신으로부터 받은 축복과 신과 이웃에 대한 의무를 상기시키는 역할을 합니다.

사제가 예복을 갖춰 입고 성전에 모습을 드러내면 예배자들은 경배하며 바닥에 엎드려 경의를 표합니다. 교회 전체에 깊은 정적이 흐르고 그 순간에는 마치 신이 나타난 듯한 엄숙함이 느껴집니다. 예배자들은 엎드린 자세로 한참 동안 있다가 사제가 신호를 보내면 자리에서 일어나 악기 반주에 맞춰 신의 영광을 찬미하는 찬송가를 부릅니다. 그들의 악기는 우리의 악기와는 사뭇 다릅니다. 모든 악기가 우리 악기보다 낫다고 할 수는 없지만 대부분이 훨씬 더 감미로운 소리를 내지요. 성악이든 기악이든 그들의 음악은 감정을 자연스럽게 전달하고 상황을 잘 표현합니다. 기도할 때, 즐거움을 표현할 때, 슬픔을 표현할 때, 마음을 달랠 때, 회개할 때 듣는 이의 감동을 불러일으킵니다.

예배는 사제와 신도들이 함께 엄숙한 기도문을 암송하는 것으로 끝납니다. 이 기도문은 매우 체계적으로 구성되어 있어 모든 사람이 각자의 상황에 맞게 적용할 수 있습니다. 기도문 내용은 다음과 같습니다.

세상을 창조하시고 통치하시며 모든 복의 근원인 신이시여, 베풀어 주신 모든 은혜에 감사드립니다. 특히, 가장 행복한 나라에 살게 해 주시고 다른 모든 종교 중에서 가장 진실한 종교를 갖는 축복을 주심에 감사드리옵니다. 만약 제 생각이 잘못되었고 더 나은 나라나 종교가 있다면 신의 선하심으로 알려주시기를 바랍니다. 어디로 인도하시든 따를 것을 맹세합니다.

그러나 제가 사는 나라가 최고이고 제가 믿는 종교가 가장 참되다면 그 안에서 충실하도록, 다른 종교에 빠지지 않도록 지켜주십시오. 또 세상에 있는 종교들이 진실하지 않다고 생각되시면 온 세상이 같은 삶의 규칙과 같은 믿음을 가질 수 있도록 이끌어 주시기를 기원합니다.

그런 다음 언제인지 한계를 정하지 않으며 신의 최고 권위를 훼손하지 않는 한 하루빨리 해방되어 신께 이르는 길로 갈 수 있게 되기를 간절히 바랍니다. 그러나 그분의 최고 권위를 해치거나 제 신앙심이 소원해진다면 아무리 부유한 삶을 살고 있다 하여도 최대한 빨리 구원받기 위해 가장 끔찍한 죽음을 통해서라도 신께 가기를 간절히 바라옵나이다.

이렇게 기도문을 암송한 후 신도들은 다시 한동안 바닥에 엎드려 있다가 일어나 집에 가서 식사하고, 남은 시간은 여가 활동을 하거나 군사 훈련을 하며 보냅니다.

지금까지 여러분께 유토피아라고 불리는 세계 최고의 공화국에 대해 최대한 자세히 설명해 드렸습니다. 저는 이 나라가 당연히 그렇게 불릴 만한 자격이 있을 뿐만 아니라 진정한 공화국이라고 생각합니다. 사람들은 말로만 공공의 이익에 대해 논합니다. 실제로는 개인의 재산만 소중하게 생각하지요. 하지만 유토피아에는 개인 재산은 없으며 모든 시민이 공공의 이익을 열렬히 추구합니다.

사실 사람들이 이렇게 말과 행동을 다르게 하는 데는 이유가 있습니다. 현실적으로 다른 공화국에서는 시민이 스스로를 부양하지 않으면 나라가 아무리 번영해도 굶어 죽을 수밖에 없다는 사실을 잘 알고 있기 때문입니다. 그래서 공공의 이익보다 개인의 이익을 우선으로 생각하는 겁니다. 하지만 유토피아에서는 모든 것이 공동 소유이기 때문에 불평등한 분배가 없습니다. 가난한 사람도 없고 굶는 사람도 없으며, 개인 재산이 없으므로 모두가 똑같이 부자입니다. 이 나라 사람들처럼 불안함 없이 평온하고 유쾌하게 삶을 사는 것보다 더 행복한 삶이 어디 있을까요?

유토피아의 남자들은 아내의 근심 어린 불평에 괴로워하지 않고 자식의 가난을 걱정하지 않아도 될 뿐 아니라 딸이 결혼할 때 지참금 문제로 골치 썩을 일도 없습니다. 자신과 아내 그리고 자식과 그 자손들도 여러 세대에 걸쳐 풍족하고 행복하게 살 것이라고 확신합니다. 또 나이가 들어 노동에 종사할 수 없게 되더라도 국가로부터 보살핌을 받고 다른 사람과 똑같은 대우를 보장받습니다.

유토피아의 제도보다 더 공정한 제도가 있는 나라가 있다면 제게 말씀해 주시길 바랍니다. 이 나라보다 더 정의롭고 공정한 나라가 있다면 제가 거짓말을 한 것이니 어떠한 벌도 달게 받겠습니다. 다른 나라에서는 귀족, 금세공업자, 고리대금업자 같은 사람들은 아무 일을 하지 않고도 평생 사치를 부리고 호사스러운 생활을 합니다. 그러나 노동자, 마부, 대장장이, 농부와 같은 사람들은 죽도록 일을 하고, 일을 하지 않으면 단 일 년도 버티지 못합니다. 일을 열심히 하는 사람들이 이렇게 비참한 삶을 사는데, 유토피아보다 공정하고 정의롭다는 것이 말이 되나요? 마차를 끄는 말조차 그들처럼 오랫동안 일하지 않고 먹는 것도 그렇게 나쁘지 않으며 장래가 불투명하지도 않을 겁니다. 하지만 이들은 아무리 열심히 일해도 제대로 보상을 받지 못할 뿐만 아니라, 가난에 찌든 노후를 걱정해야 합니다. 하루하루를 겨우겨우 살아가기 때문에 노후를 위해 저축하는 것은 꿈도 꾸지 못하기 때문입니다.

소위 귀족이나 금세공업자들은 정부에게 아첨하거나 헛된 쾌락을 탐닉합니다. 이들에게는 아낌없이 보상해 주면서, 정작 없어서는 안 되는 존재인 농부, 광부, 대장장이 같은 하층 계급의 사람들은 돌보지 않는 정부야말로 부당하고 배은망덕하지 않습니까? 일반 민중은 젊었을 때 노동으로 착취당하고 늙어서는 질병 때문에 힘들어하지만, 국가는 그들의 모든 은공을 잊어버리고 비참하게 죽도록 내버려 둡니다.

하지만 부자라는 자들은 개인적으로는 속임수를 쓰고 공적으로는 자신들을 위해 만들어진 법을 동원하여 가난한 사람들의 임금을 낮추면서 노동력을 착취하려고만 합니다. 마땅히 충분한 보상을 해야 하는 사람들에게 적은 보상을 하는 것 자체가 부당한데, 거기에 더해 노동자를 규제하기 위한 정의라는 명목으로 불공정한 법을 제정함으로써 가난한 자들을 억압합니다.

감히 말씀드리건대, 현재 대부분의 나라에서 운영되는 사회 제도는 대중을 관리한다는 미명 아래에서 사적 이익만 추구하려는 부자들의 음모에 불과하며, 가난한 자들을 착취하기 위한 속임수와 사기술을 만들어 낼 뿐입니다. 그리고 부자들은 부당하게 획득한 재산을 보존하기 위해 가난한 자들에게 낮은 임금을 주고 노동을 시키면서 그들을 마음껏 부려 먹을 궁리만 합니다. 그들은 이런 계략을 전체 국민을 대표하는 공권력의 모습으로 위장시켜 법으로 제정합니다. 그럼으로써 이 사악한 자들은 민중이 받아야 할 것들을 탐욕스럽게 가로챕니다.

그러나 유토피아 사람들이 누리는 행복은 이 사람들이 누리는 것과는 확연히 다릅니다. 유토피아에서는 돈을 모으고 쓰고자 하는 욕망이 없으므로 많은 불안과 큰 장난의 기회가 차단됩니다. 유토피아에서처럼 돈이 더 이상 가치가 없어진다면 법의 엄격함으로도 억제하지 못하는 사기, 절도, 강도, 싸움, 소란, 다툼, 선동, 살인, 배신과 주술 같은 것이 모두 사라지지 않겠습니까? 그리고 사람들의 두려움, 간청, 걱정, 노동, 감시 등도 돈의 가치와 함께 말끔히 사라지겠지요.

한 가지 예를 들어보겠습니다. 어느 해 흉년이 들어 수천 명이 굶어 죽었는데, 그 해 말에 부자들의 곡식 창고를 뒤져보니 비참하게 죽어간 사람들이 먹고도 남을 정도의 식량이 있었습니다. 그 곡식이 죽은 사람들에게 분배되었다면 그 희소성의 끔찍한 영향을 아무도 느끼지 못했을 테지요. 삶에 필요한 물품을 조달하기 위해 발명된 이 돈이라는 축복받은 물건이 방해만 하지 않았어도 참혹한 죽음을 막을 수 있었을 겁니다.

부자들도 이 사실을 누구보다 잘 압니다. 많은 사람과 필요한 것들을 나누는 것이 자신에게 불필요한 것을 쌓아 두는 것보다 얼마나 좋은지, 그리고 많은 부를 쌓아두는 것보다 눈앞에 닥친 어려움을 벗어나기 위해 그 부를 활용하는 것이 훨씬 좋다는 것을 확실히 알고 있습니다. 만약 인류에게 사악함의 근원인 탐욕이 없었다면 사람들의 이익에 전지전능한 그리스도의 권위가 더해져 이미 오래전에 유토피아의 제도를 모두가 따르게 하셨을 겁니다.

그러나 인간 본성의 전염병인 이 탐욕은 인간들로 하여금 부유함이란 스스로 풍족히 소유하는 것이 아니라 남보다 더 많이 갖는 것으로 생각하게 했습니다. 그래서 이들은 자신이 모욕감을 줄 비참한 사람들이 없었다면 천국에 갈 수 있다고 해도 전혀 만족하지 않을 겁니다. 탐욕 있는 자는 자신의 행복을 다른 사람의 불행과 비교함으로써 그 행복이 더 밝게 빛난다고 생각하며, 자신의 부를 과시함으로써 가난한 자보다 훨씬 더 우월하다고 느낍니다.

탐욕은 지옥에 사는 뱀과 같아서 인간의 정신 속을 기어다니며 인간을 지배합니다. 그렇기 때문에 저는 유토피아 사람들이 그와 같은 형태의 정부를 세웠다는 것을 기쁘게 생각하며, 이 세상 모든 나라가 현명해져서 그들을 본받기를 바랍니다. 실제로 유토피아는 인간 정신의 모든 야심과 분쟁의 근원을 제거함으로써 시민이 행복하게 살 수 있도록 하는 진정한 정책과 계획에 대한 초석을 놓았으며, 이는 인류가 존속하는 한 영원히 지속되어야 할 겁니다.

역사상으로 안정된 것처럼 보이는 많은 나라가 있었지만 야망과 파벌 때문에 모두 파멸했습니다. 하지만 유토피아 사람들은 마음속에서 야망과 파벌의 모든 근원을 뿌리 뽑았기 때문에 그어떤 분란도 일어날 위험이 없습니다. 유토피아 사람들이 평화롭게 살고 좋은 법률로 통치되는 한, 시기로 인해 그들을 파멸시키려는 이웃 국가들의 도발은 결코 유토피아를 어떤 소란이나 무질서에 빠뜨릴 수 없을 겁니다.

라파엘은 이렇게 말을 마쳤다. 나는 그의 이야기를 들으면서 유토피아 사람들의 관습과 법률을 생각해 보았지만, 동의할 수 없는 것들이 꽤 많이 있었다. 전쟁, 종교, 예배 방식은 그렇다 치더라도 사회 체제의 중요한 토대라고 할 수 있는 화폐를 사용하지 않고 공동생활을 하는 것이 내게는 너무나 생소하게 여겨졌다. 이는 모든 사람이 일반적으로 생각하는 고귀함, 화려함, 찬란함의 근원인 귀족의 위엄도 사라진다는 것을 의미하기 때문이다.

하지만 그가 장시간 이야기를 해서인지 피곤해 보였던 데다 확신도 없이 그의 말에 반박하자니 그의 참을성이 어디까지인지 몰라 쉽게 반박하지 못했다. 더욱이 다른 사람의 생각에서 허점을 찾아내지 못하면 바보처럼 보일까 두려웠고 그가 무턱대고 허점을 찾으려는 사람들을 비난한 일을 생각하니 엄두가 나지 않았다.

그래서 나는 유토피아 사람들의 법과 제도에 대해 말해 준 것에 대해 라파엘에게 고마움을 전했고, 그의 손을 잡아끌고 저녁 식사를 하면서 나중에 이 주제에 대해 더 자세히 생각하고 논의하자고 말했다. 나는 진심으로 이 주제에 대해 논의할 기회를 얻길 바란다. 그가 매우 학식 깊고 경험이 풍부한 사람인 건 인정하지만 그가 말한 모든 것에 동의할 수는 없었기 때문이다. 그러나 내가 내 조국에게 바라는 것들을 유토피아 공화국이 이미 이루었다는 것은 분명한 사실이다.

작가 연보

1478년 영국 런던에서 고등법원 판사였던 존 모어와 아그네스 그론저 사이의 6남매 중 차남으로 태어나다.

1485년 런던의 명문학교 세인트 앤서니에 입학하다.
이곳에서 라틴어를 체계적으로 배우기 시작하다.

1490년 캔터베리 대법관인 존 모턴 추기경의 집에 시동으로 들어가다.

1492년 모턴의 추천으로 옥스퍼드대학교에 입학하다.

1494년 런던의 뉴 법학원에 들어가서 법학을 공부하다.

1496년 링컨스인 법학원에 입학하다.

1499년 에라스무스를 만나 평생 우정을 나누기 시작하다.

1504년 하원의원이 되다.

1506년 에라스무스와 함께 루키아노스의 여러 작품을 라틴어로 번역 출간하다.

1510년 런던 시의 부장관이 되다.

1515년 양모 교역을 둘러싼 네덜란드와의 무역 마찰을 해결하고자 헨리 8세의 전권대사로 브뤼헤로 갔다가 앤트워프에서 페터 힐레스를 만나다.
《유토피아》 제2권을 집필하다.

1516년	《유토피아》 제1권을 집필하다. 12월에 루뱅에서 초판이 간행되다.
1517년	《유토피아》 제2판이 파리에서 출간되다.
1518년	헨리 8세의 고문이자 비서가 되다.
	《유토피아》 제3판과 제4판이 바젤에서 출간되다.
1520년	재무차관이 되고, 기사 작위를 받다.
1527년	헨리 8세가 캐서린 왕비와 이혼하는 것을 반대하다.
1529년	요크 대주교 울지의 뒤를 이어 영국의 대법관이 되다.
1532년	대법관직을 사임하다.
1533년	캔터베리 대주교 토머스 크랜머가 헨리 8세와 캐서린 왕비의 이혼을 허가하다.
	헨리 8세가 앤 불린과 결혼하고, 교황 클레멘스 7세에 의해 파문당하다.
1534년	헨리 8세를 영국 국교회의 수장으로 인정하는 수장령에 반대하다.
	4월 17일에 런던탑에 유폐되다.
1535년	7월 1일에 사형선고를 받고 6일에 단두대에서 처형되다.

유토피아

초판 1쇄 인쇄 2024년 3월 11일
초판 1쇄 발행 2024년 3월 15일

지은이 토머스 모어
옮긴이 김용준
펴낸이 이효원
편집인 음정미
마케팅 추미경
디자인 문인순(표지), 이수정(본문)
펴낸곳 올리버
출판등록 제395-2022-000125호
주소 경기도 고양시 덕양구 삼송로 222, 101동 305호(삼송동, 현대헤리엇)
전화 070-8279-7311   **팩스** 02-6008-0834
전자우편 tcbook@naver.com

ISBN 979-11-93130-47-6 03890

* 값은 뒤표지에 있습니다.
* 잘못된 책은 구입하신 서점에서 바꾸어 드립니다.

* 도서출판 올리버는 탐나는책의 교양서 브랜드입니다.